KB122044

何卒よろしく
お願いします。

いがらしみきお

2021.

모쪼록 잘 부탁드립니다 ♡
　　　　　　-이랑

01. 2021.

모쪼록 잘 부탁드립니다

모쪼록 잘 부탁드립니다

이랑 × 이가라시 미키오

황국영 옮김

ㅆ창비
Media Changbi

•

콜라보 합시다!

2019년 10월 11일은 미야기현 센다이에 있는 '이가라시 미키오 오피스'로 찾아갔던 뜻깊은 날입니다. 제 만화책『내가 30代가 됐다』(소시민워크, 2015)가 일본에서 번역 출판(『私が 30代に なった』, 타바북스, 2019)될 때, 이가라시 상과 저의 공통 지인인 쿠도 나쓰미 상의 소개로 이가라시 상의 오랜 팬이었던 제가 추천사를 받은 게 저희 인연의 시작입니다.

　10대 때부터 쭈욱 TV 애니메이션「보노보노」를 좋아했기 때문에, 그날은 인생 최고의 영웅을 만나러 가는 것처럼 기쁨이 가득했습니다. 마치 해리포터가 호그와트 마법학교의 초대장을 받았던 때처럼, 저는 놀라움과 흥분을 감추지 못하고 깡충깡충 뛰면서 이가라시 상의 작업실로 들어갔습니다(사실 어떤 모습으로 들어갔는지 전혀 기억하지 못했는데, 이가라시 상이 '방긋방긋 웃으며 깡충깡충 뛰어 들어왔다'고 말해주어서 그렇게 기억하기로 했습니다).

　기대를 잔뜩 품고 들어간 '이가라시 미키오 오피스'는 현관에 달린 문패부터 세월의 흔적이 뚜렷했는데 작업실 안은 더 그랬습니다. 밝은 형광등 아래 커다란 회의용 탁자와 의자, 작업용 책상 몇 개와 사무용 책상 몇 개, 의자

몇 개가 전부인 엄청 심심한 모습이었습니다. 작업실 안의 물건들은 오래되어 다 낡아 있었습니다. 2011년 3월 11일에 발생한 동일본대지진의 피해 흔적도 남아 있는, 20년도 넘게 쓴 오래된 작업실이라고 했습니다.

저는 서울 망원동에서 8년째 같은 작업실을 쓰고 있습니다. 이동 시간을 줄이고 업무 시간을 늘리기 위해 거의 모든 미팅과 인터뷰와 약속 등을 이 작업실로 몰아서 합니다. 흡연이 가능한 제 작업실은 8년 동안 담배 연기를 무작정 받아먹어서인지 벽과 전등갓, 책꽂이 등이 실컷 누렇게 변했습니다. 온갖 물건이 누렇게 변해버린 걸 평소에는 그렇게 신경 쓰지 않지만, 작업실에서 인터뷰하며 사진을 찍을 때면 조금 부끄럽습니다(그래도 시간의 효율을 위해 항상 작업실에서 미팅과 인터뷰를 합니다). 앞으로 이가라시 상의 작업실만큼 이 작업실을 오래 쓴다면 어떤 모습이 될까, 생각해본 적도 있습니다.

그날 '이가라시 미키오 오피스' 한가운데에 놓인 회의 책상에 둘러앉아 무슨 얘기를 나눴는지, 너무 흥분 상태였던 저로서는 기억이 잘 나지 않습니다. 다만, 대화 중 '나중에 뭔가 콜라보 하면 좋겠다'는 이야기가 이가라시 상 입에서 흘러나왔고, 그 문장을 들은 뒤 저는 더욱 흥분해서 "콜라보!! 콜라보!!" 하고 몇 번이나 외쳤던 게 기억납니다. 이후 저녁 식사 자리에서 이가라시 상의 라인(LINE) 연락처를 받고 아래와 같은 첫 대화를 나누었습니다.

2019. 10. 11. (금)

오후 07:27	langlee	안녕하세요
오후 07:27	LINE일본어통역	おはようございます
오후 07:27	langlee	저는 랑짱입니다
오후 07:27	LINE일본어통역	私はランチャンです
오후 07:27	ミック	おはようございます
오후 07:27	LINE일본어통역	안녕하세요
오후 07:28	langlee	콜라보
오후 07:28	LINE일본어통역	コラボ
오후 07:28	ミック	来年コラボやりましょう!
오후 07:28	LINE일본어통역	내년에 콜라보 합시다!

메신저로 나눈 첫 대화인데, 인사 뒤에 다짜고짜 '콜라

보'라고 쓴 걸 지금 다시 읽어보니 좀 황당하네요. 아무튼 2019년 10월 11일에 이가라시 상 입에서 나온 '콜라보'라는 단어 덕분에 저희의 공동 작업이 시작됐습니다. 처음엔 메신저로 교환 만화를 그려볼까, 무엇을 그리면 좋을까 주제를 함께 고민도 하고, 몇 번 슥삭슥삭 그림을 그려 보내기도 했습니다. 하지만 그 과정에서 저는 무엇보다 이가라시 상과 '대화'를 나누는 것이 가장 즐거웠습니다. 그래서 되도록 한꺼번에 많은 대화를 하기 위해 편지를 써 보내기로 했습니다. 그렇게 2020년 4월, 이가라시 상에게 첫 편지를 띄울 때는 지금껏 겪어본 적 없는 팬데믹 상황에 국내외 공연 일정이 줄줄이 취소될 즈음이었습니다.

'이가라시 미키오 오피스'에 깡충깡충 뛰어 들어갔던 2019년 10월만 해도, 콜라보 계획을 구체화하기 위해 곧 다시 만나리라 생각했지만 2년이 지난 지금까지 이렇게 편지만 주고받을 줄은 몰랐습니다. 그래도 딱 한 번 '이가라시 미키오 오피스'를 놀러갔던 그때 이곳저곳을 열심히 살펴보고 사진도 많이 찍어두었기 때문에 이가라시 상이 작업실에서 어떤 모습으로 어떤 의자에 앉아 저에게 편지를 쓰고 있을지 자세히 상상하며 편지를 주고받을 수 있었습니다(아쉽게도 집에는 가보지 못해서, 코로나 이후 작업실을 접고 집에서 생활하는 모습은 막연하게 상상했지만요).

이가라시 상에게 편지를 쓸 때도 물론 재밌었지만 틈틈이 라인으로 메시지를 주고받는 것도 무척 재밌었습니다. 한 달에 한 번 이메일로 편지가 오면 번역기로 재빨리 돌려서 읽고 이가라시 상에게 라인으로 짧은 감상을 써 보냈습니다. 마찬가지로 이가라시 상도 제 편지를 받고 번역가 선생님이 번역본을 전달하기 전에 미리 번역기로 읽고 바로 라인을 보내왔습니다. 대부분 '이번 편지도 멋지네요, 훌륭하네요' 하는 칭찬의 말이어서 항상 기뻤습니다.

우리는 라인 일본어 통역 AI와 함께 3인 그룹 채팅방에서 각자의 모국어로 대화를 나눴습니다. 제가 한글로 쓰면 AI가 일본어로 자동 통역해주었고, 이가라시 상의 일본어도 AI가 한글로 자동 통역해주었습니다. 통역기의 컨디션이 들쭉날쭉해서 의미가 잘 전달되지 않을 때도 많았지만, 이런 오차가 있는 소통 방식도 즐거웠습니다. 편지에 쓴 내용과 관련한 사진을 보내기도 하고 각자 집에서 함께 사는 고양이 사진을 주고받기도 했습니다. 자주 파업하는 AI

통역기와 함께였지만 편지 외에도 다양한 방법으로 계속 이야기를 이어나갈 수 있어 무척 좋았습니다.

저는 한국 음식에 중독된 사람이기 때문에, 만약 외국에서 산다면 당장 스스로 만들지 않고서는 먹을 수 없는 한국 음식들을 떠올리며 패닉에 빠질 것이 분명합니다. 실제로 외국에 일주일 이상 체류할 때마다 불안증이 심해질 정도로 먹고 싶은 한국 음식들이 많았습니다(평양냉면, 떡볶이, 쫄면, 쭈꾸미 볶음, 해물 수제비, 잔치 국수 등). 평소 집에 두고 있지도 않은 고추장 튜브를 비행기에서 받아 소중하게 챙기고, K-마트에서 산 밍밍한 해외 수출용 육개장 사발면만 하루 세끼 먹은 날도 있었습니다.

이 얘기를 왜 하냐면, 제가 이렇게 외국에 사는 걸 상상하고 싶지 않은 사람이지만 이가라시 상과 더 자주 이야기할 수 있다면 일본 센다이에 살아보는 것도 좋겠다는 생각이 종종 들기 때문입니다. 이가라시 상과 나눈 편지와 대화들 덕분에 코로나로 많은 것들과 단절된 2020년과 2021년을 무척 즐겁게 보낼 수 있었습니다. 유령이 되어서도 이어나가고 싶을 정도로 즐겁게 편지를 썼고 앞으로도 계속 쓰고 싶습니다. 저희의 편지를 독자분들이 재미있게 읽는다면 더할 나위 없이 기쁠 테지만, 봐주는 사람이 없어도 저는 계속 이가라시 상에게 많은 이야기를 해나가려고 합니다.

저희의 왕복 서신을 처음부터 응원해주신 편집자 이지은 님, 매달 이가라시 상의 편지를 한글로 번역해주신 번역가 황국영 님, 저의 편지를 일본어로 번역해주신 아마구리 번역팀에게 감사 인사를 전합니다.

이랑

저는 준이치와 함께 집에서 죽기로 했습니다 ∘165∘

고양이와 다름없이 날마다 먹고 자고,
다시 잠드는 평화로운 생활이 가능할까요 ∘179∘

태어났을 때부터 죽음으로 변제할 때까지
빚을 지고 사는 인생이라니요 ∘192∘

'믿는다'는 건 아마도 인간에게만 있는 감정 아닐까요 ∘202∘

일을 하고 돈을 벌고 모아도
그 돈으로 '집을 살 수 없다'는 사실 ∘212∘

살아갈 수 있을 만큼 돈을 벌면 하고 싶은 일을 하자 ∘222∘

저는 제 친구들이 안전한 세상을 바랍니다 ◦231◦
이가라시 상에게 보내는 열두 번째 편지

고난 속에서 살아가는 이들이야말로
귀한 사람들이라고 생각합니다 ◦244◦
이랑 씨에게 보내는 열두 번째 편지

신은 왜 금은보화를 좋아할까요

오늘은 보험회사의 본부장이 한정식을 사준다고 해서 강남 역삼동에 다녀왔습니다. 보험회사에 들어간 사연은 전에 말씀드려서 아시겠지만 코로나19로 예정된 일정들이 취소되며 갑자기 여유 시간이 생겼을 때, 말기 암 투병 중인 친구가 제게 암 보험을 가입하라고 채근하기에 설계사 몇 분과 미팅한 것이 그 발단입니다.

저는 모르는 게 생기면 이해가 될 때까지 질문하고 배우는 걸 좋아하는데요, '보험'은 몇 번의 미팅으로도 잘 파악이 되질 않더군요. 제가 하도 여러 번 만남을 요청하고 질문을 몇 시간씩 쏟아내니 설계사 중 한 분이 직접 공부해서 자격증을 따보면 어떠냐고 하셨습니다. 마침 여유 시간도 생겼겠다 새로운 것을 공부하는 걸 좋아하는 저로서는 흥미로운 제안이었죠. 그래서 모르는 게 없어질 때까지 열심히 공부했고 두 달 후에 보험 설계사 자격증을 취득했습니다. 제가 소속된 보험사는 평소에 갈 일이 전혀 없는 강남 한복판 커다란 빌딩 숲속에 크게 자리하고 있습니다.

강남은 서울에서 가장 비싼 땅들이 있는 곳입니다. 땅에 주인이 있다는 걸 저는 어릴 때부터 이해할 수 없었습니다.

역사책을 보면 세계 여러 국가들이 서로 땅을 더 차지하려고 전쟁을 많이 일으켰던 것 같습니다. 그들은 왜 그렇게 땅을 많이 가지고 싶었던 걸까요?

한정식 전문점에서 만난 보험회사의 본부장과 부지점장, 그 두 사람을 짧게 설명하면 '1등 아니면 안 하는 사람'입니다. 남보다 좋은 차, 남보다 좋은 집, 남보다 많은 돈이 그들 자존감의 대부분을 구성하고 있다는 인상을 받았습니다. 본부장은 회사 면접 때 처음 만났습니다. 그분이 오늘 제 면접 당시 인상을 이야기해주었는데, 제가 좀 무서웠다고 합니다. '내 앞에서 거짓말을 하면 죽여버리겠다'는 인상을 받았다고요.

면접 때 그분이 제게 질문을 던지기도 전에 제가 먼저 많이 질문했습니다. 이 일을 언제부터 시작했고, 주로 하는 업무가 무엇인지, 왜 돈에 가치가 있다고 생각하는지…… 면접 시간 대부분을 저는 질문하고 그분이 답을 했습니다. 제 뒤로도 면접자들이 대기하고 있어 길게 대화할 시간이 부족했습니다. 그분이 먼저 식사 제안을 했고 다음에 더 이야기를 나누기로 하고 나오려는데, 갑자기 저에게 "저 합격인가요? 불합격인가요?"라고 물으셨습니다. 오늘은 마치 자기가 면접을 보는 기분이었다면서요. 저는 이렇게 짧은 시간에는 알 수 없으니 다음에 식사하면서 이야기를 더 하자고 대답했습니다. 그분은 사무실 문을 열고 밖에 서 있던 부하 직원에게 "나 불합격이래!" 하고 큰 소리로 외쳤습니다. 그 모습이 웃겨서 깔깔거리며 회사를 나왔는데 제가 떠난 뒤 회사 안에 이런 소문이 돌았다고 합니다. 본부장이 면접자에게 큰 소리로 불합격을 선고했는데, 깔깔 웃으며 나간 이상한 사람이 있었다고요.

그렇게 오늘, 그 본부장을 두 번째로 만나 식사를 같이 했습니다. 지난번 센다이에서 이가라시 상이 밥을 사주셨던 곳처럼 문을 닫고 조용하게 식사할 수 있는 장소였습니다. 1인분에 5만 원 하는 한정식을 시키고 천천히 나오는 코스 요리를 즐기면서 2시간 정도 대화했습니다. 그분은 제 첫인상이 꽤 무섭고 자신을 향해 마구 달려오는 것처럼 느꼈다는데, 오늘 대화에선 제가 굉장히 철학적이라는 인상을 받았다고 합니다. 그러면서 제게 이런 조언을 했습니다.

"모든 사물과 모든 일상의 본질을 보려고 하지 말고, 그냥 지나쳐라."

  모든 것의 본질을 알려고 하다 보면 쉽게 만날 수 있는
행복을 느낄 수 없게 된다는 뜻이었어요. 맛있는 걸 맛있게
먹고, 즐거운 시간을 즐기고, 갖고 싶은 것을 가져보라고.
  그런데 저는 그러지 못할 거 같습니다. 이 세상에 질문
할 게 더 이상 없다면, 더 이상 질문하기를 멈춘다면 저는
어떤 사람이 될까요? 오늘 그 조언을 듣고도 본부장에게
왜 그런 조언을 하는지 물어보았습니다. 대답이 정확하게
기억나지는 않지만 '모두가 가치 있다고 생각하는 것을
편하게 믿고 따라가면, 또는 먼저 그 가치를 알고 이익을
얻을 수 있다면 그게 좋은 삶이다'라는 게 요점이었습니
다. 제가 '당신의 자존감은 그 가치를 남들보다 많이 갖고
있는 것에서 나오냐'고 물으니 그렇다고 대답하더군요. 저
는 다시 물어보았습니다.
  "저도 그렇게 될까요? 예를 들어 저도 억만장자가 되면
그것 덕분에 자존감이 높아질까요?"
  그분의 대답은 '일단 가져본 뒤에 느껴보라'였습니다.
어떻게 가질 수 있는지, 그 방법은 따로 알려주지 않았습

니다. 보험회사를 열심히 다니면 가질 수 있는 걸까요? 많은 사람들이 '가치 있다'고 생각하는 돈이나 땅, 금이나 석유(주로 이것들은 주식시장에서 활발히 거래되지요), 그런 것들이 가치 있다고 처음 말한 사람은 누구였을까요?

저는 어릴 때부터 성경에 근거한 가정교육을 받으며 자랐습니다. 성경에는 종종 신이 있는 곳에 관련한 묘사가 나옵니다. 예를 들어 '길 잃은 어린 양'을 예수가 설명하는 이야기가 있습니다. 어떤 사람이 양 100마리를 가지고 있는데 그중 하나를 잃으면 99마리를 들판에 두고 그 잃어버린 한 마리 양을 찾아다니지 않겠냐고, 예수는 묻습니다. 길 잃은 한 마리 양을 힘들여 찾은 사람은 너무나 기뻐하며 양을 어깨에 메고 돌아와, 친구들을 불러 모아 양을 찾은 기념으로 파티를 열고 함께 기쁨을 나눕니다. 마찬가지로 하늘에 있는 신과 천사들도 회개할 게 없는 의인 99명보다 한 사람의 죄인이 돌아오면, 그가 의인의 길을 걷기로 한 것에 하늘에서 축하 파티를 열 정도로 기뻐한다고 하네요.

이처럼 성경에는 신이 살고 있는 곳을 묘사한 장면들이

나옵니다. 대문은 진주로 되어 있고, 거리는 맑은 순금이며, 성벽은 벽옥, 성벽의 주춧돌은 사파이어, 자수정 등등으로 되어 있다고요. 이런 묘사를 볼 때마다 신은 왜 이렇게 보석을 좋아하는 걸까 궁금했습니다. 신이 이렇게 금은보화를 좋아하기 때문에 인간들도 자연히 금은보화를 좋아하게 된 걸까요?

'도금'된 물건을 보면 재밌습니다. 순금이 비싸니까 도금해서라도 '금'을 소유하는 기분을 느끼고 싶어 하는 사람의 욕망이 신기합니다. 또 음식에 올라가는 식용 금도 재미있습니다. 금을…… 먹고 싶어 하는 욕망이란 뭘까요? 금을 먹어본 적이 있으세요? 돈을 먹거나 땅을 먹고 싶어 하는 사람도 있을까요? 지폐는 먹으면 가치가 함께 사라지는 데다 땅은 너무 커서 먹을 수 없으니 그럼 흙을 먹어야 하는 걸까요?

어릴 때 들었던 우화 중 강렬하게 기억에 남은 이야기가 있습니다. 찾아보니 톨스토이가 지은 거네요. 이 단편소설의 제목은 「사람에게는 얼마만큼의 땅이 필요한가?」입니다. 악마가 욕심 없는 농부를 시험하기 위해 해가 떠 있는 동안 직접 걸어갔다가 돌아온 만큼의 땅을 아주 싼값에 팔기로 합니다. 농부는 조금이라도 더 많은 땅을 갖고 싶어서 너무너무 멀리까지 걸어갔다가 해가 지기 전에 무리해서 돌아오다 결국 지쳐 죽고 맙니다. 그는 자기 키만 한 땅에 묻히게 되지요. 이런 비슷한 류의 이야기는 많이 들어본 것 같아요.

이가라시 상은 뭔가 강렬하게 갖고 싶은 것이 있으세요? 똑같은 질문을 들으면 저는 뭐라고 대답할까 이 글을 쓰면서 생각했습니다만, 아직 떠오르지 않네요. 음, 일단, 신이 될 수 있으면 좋겠습니다. 왜냐면 지금까지는 신을 만나본 적이 없기 때문에 신이 되어서 다른 신을 만날 수 있다면 물어보고 싶은 게 좀 많거든요.

이를테면 왜 금을 좋아하는지, 왜 보석을 좋아하는지, 왜 무언가를 꼭 가져야 하는지 그런 것들을 물어보고 싶어요.

어쩌면 AI를 만드는 건

신이 되고 싶은 것일 테죠

이랑 씨, 취업 준비를 하는 건가요? 지금은 2020년 4월 중순이에요. 전 세계가 코로나19로 여전히 들썩이는데 한국은 얼마 전에 국회의원 선거를 치렀다기에 깜짝 놀랐습니다. 일본은 비상사태가 선포되면서 코로나19의 한가운데를 지나는 중이랄까요. 센다이에 사는 저도 '외출 자제 요청'으로 지난주부터 재택근무를 하고 있습니다. 작업실 근처 편의점에서도 확진자가 나오고, 바이러스가 점점 가까워지는 느낌이에요.

그러고 보니 이랑 씨는 코로나 이야기를 별로 안 하네요. 지난번에 라인으로 'ランちゃん, コロナウイルスに気をつけて(이랑 씨, 코로나 바이러스 조심하세요)'라는 메시지를 보냈을 땐 뭐가 문제인지 그 부분만 자동 통역이 안 되어 일본어 그대로 표시되던데, 왜 그랬던 걸까요.

라인으로 얘기하던 중에, 보험회사 본부장과 부지점장의 사진을 보여줬었죠. 두 분 다 젊더라고요. 일본의 IT 계열 회사 사람들 같아 보였어요. 그분들은 원래부터 이랑 씨를 알고 있었나요? 알고 있어서 살짝 무서워했던 걸까요?

그런데 저는 그 본부장의 생각을 잘 알 것 같아요. 1등 아니면 안 한다, 너무 깊게 생각하면 되레 행복을 놓칠 수 있다, 이런 거죠? 일본에는 이제 '최고가 아니면 가치가 없다'고 생각하는 사람이 그리 많지 않은 듯해요. 저 같은 사람이야 원래부터 '2인자 지망'이었고요. 너무 깊게 생각하다 행복을 놓치는 타입도 딱 제 이야기네요.

요즘 '가치'에 대한 생각이 많은 모양인데, 특별한 계기라도 있었나요? 돈이나 땅처럼 보편적인 가치가 어딘가 불합리하게 느껴지는 건 아마도 우리가 태어나기 전부터 정해져 있기 때문일 거예요.

돈은 단순해서 싫어하지 않아요. '있거나' 아니면 '없거나' 둘 중 하나이고, 4,890엔, 7,600원처럼 딱 떨어지는 데다가 받으면 기쁘잖아요. 땅이나 주식은 신경 쓸 일이 많아질 것 같아서 귀찮아요. 돈이나 땅이나 주식이나, 이른바 '자본'이어야 할 것들이 어느새 '가치' 그 자체가 되어버린 것 같다고 생각은 해요.

주식 이야기가 나와서 말인데, 저는 주식 싫어해요. 다 큰 어른들이 일기예보에 돈을 걸면서 소란을 피우는 느낌이랄까요? 다들 용하게 그런 걸 한다 싶기도 하고, 그냥 돈

많은 사람들의 놀이 같아요. 돈만 있으면 어떤 회사든 가질 수 있다니, 법률적으로 문제 있는 건 아닌가 싶기도 하고요.

신년(2020년)에 한 신문사에서 '내가 사는 미야기현이 일본에서 독립한다면 어떤 헌법을 만들까'라는 기획을 진행했는데요, 제가 제일 먼저 정한 항목이 바로 주식 금지였어요. 회사도 만들지 못하게 금지시켰습니다. 고용인도, 피고용인도 모두 개인 사업자인 나라를 만들었죠. 분명, 가난한 나라가 되겠지만요. 안락사 합법화 조항도 넣었는데 신문사에서 그 내용은 실을 수 없다고 하더군요.

성경 속 '길 잃은 어린 양' 이야기도, 톨스토이의 단편소설 「사람에게는 얼마만큼의 땅이 필요한가?」도 정말 흥미롭네요. 옛날 사람들은 이런 우화를 참 잘 만들었던 것 같아요. 어쩌면 현대인들보다 옛날 사람들이 가치를 더 깊게 생각했는지도 모르겠어요. 지금은 가치를 좇는 사람들만 많잖아요.

이랑 씨는 성경 교육을 받고 자랐다고 했는데, 미션스쿨에 다녔을 뿐 기독교 신자는 아닌가요? 이랑 씨의 심플하면서도 강직한 분위기는 어딘가 종교적인 인상을 풍기기도 해요. 이렇게 말하면 오해를 살까 싶어 미리 밝혀두는데, 이랑 씨는 처음 우리 작업실에 온 날 방긋방긋 웃으며 깡충깡충 뛰어 들어오던 밝고 즐거운 사람이랍니다.

강렬하게 갖고 싶은 게 있냐고 물었죠. 저도 금방은 떠오르지 않네요. 이것저것 갖고 싶긴 한데 '강렬하게' 원하진 않는 것 같아요. '강렬하게'라는 말을 빼도 된다면 냉장고가 갖고 싶습니다. 너무 오래되고 낡아서 고장이 났는데 워낙 크기가 큰 물건이다 보니 폐기물 처리가 막막해서요. 비슷한 이유로 소파도 갖고 싶어요. 소파도 몸 모양을 따라 푹 꺼져서 이제 거기서 자다 보면 허리가 아프거든요. 하지만 이것도 크기가 커서 바꿀 결심이 좀처럼 서질 않습니다. 대형 쓰레기를 배출하기가 생각만큼 쉽지 않더라고요. 예전에 장소 헌팅 때문에 산에 갔다가 불법으로 버린 TV와 에어컨, 냉장고 등을 봤어요. 그걸 버린 이들은 평범한 사람이겠지만, 자연 속에서 인간이 만들어낸 물건들을 마주한 순간은 상당히 괴이했습니다. 말은 이렇게 해도 얼마 안 가 새로 바꿀 것 같긴 해요. 냉장고도, 소파도요.
이랑 씨는 신이 되고 싶다고 했죠. 만화가인 저는 작품에서만큼은 신 같은 존재랍니다. 이야기뿐 아니라 주인공과 다른 캐릭터도 다양하게 만들면서 마음껏 조종할 수 있지요. 왜 『보노보노』를 30년 넘게 계속하냐면, 그만둘 수가 없어서예요. 『보노보노』 그리기를 멈추는 순간, 보노보노와 다른 캐릭터들이 죽게 되니 불쌍해서 그만두질 못하겠더라고요. 출판사가 연재를 중단한다고 하면 온라인에서라도 묵묵히 그려나갈 것 같아요.

이랑 씨와 저의 공통점은 신이 있다고 믿는 점 같네요. 저의 논리는 아주 단순합니다.

이 세상을 만든 건 내가 아니다.
그렇다면 다른 누군가가 만든 걸 테지.

신은 '움직이는 생명체'라기보다 '머물러 있는 존재'처럼 느껴집니다. 어디에 머무르는가 하면 바로 우리가 사는 이 세상 같아요. 우리는 신들 속에서 살아가는 셈이니 안 보인다고 하면 안 보일 테고, 보인다고 하면 언제든 볼 수 있을 겁니다. 신은 그런 존재예요. 그래서 제 눈에는 이 세상 학문인 과학, 의학, 철학 모두가 신을 증명하려는 행위로밖에 보이지 않아요.

'우주론'으로 이 세계가 어떻게 이루어졌는지 탐구하고, '물리학'으로 궁극의 이론을 찾아가며, '의학'을 이용해 벌써부터 조금씩 신의 영역에 발을 들이고 있죠. 철학은 '신이 없다'는 전제하에 시작됐기 때문에 지금은 '언어'만 남은 느낌입니다. 어쩌면 모든 학문은 신이 보이는 순간 끝나는 것 아닐까요.

이랑 씨가 그리는 신은 어떤 이미지인가요? 도금을 좋아하는 건 아무래도 신을 섬기는 인간뿐일 것 같아요. 신들이 한곳에 모여 있는 건지, 정말 다들 '네글리제 차림'으로 '천국스러운' 곳에 있을지 궁금합니다.

식용 금, 먹어본 적 있어요. 딱히 맛이 느껴지지도 않고, 그다지 고맙지도 않았어요. 다들 행운을 부른다며 먹긴 하는데 그렇다고 금 먹는 걸 특별히 좋아하는 사람은 없지 않을까요?

제가 앞서 '모든 학문이 신을 증명하고자 한다'고 했는데, 이랑 씨는 AI를 어떻게 생각하나요? 컴퓨터 자체는 어디까지나 인간이 만든 도구지만, 인터넷과 가상현실, 양자컴퓨터 등을 떠올리면 이미 도구나 기계, 인프라의 영역을 넘어 학문이 되어간다는 생각이 듭니다. 그렇다면 컴퓨터 역시 신에게 다가가는 것이며 그 상징이 AI가 아닐까라는 생각을 컴퓨터를 쓰기 시작한 35년 전부터 해왔어요.

제가 강렬하게 원하는 건 어쩌면 AI일지도 모르겠습니다. 이런 관점에서 보면 제가 원하는 것도 '신이 되고 싶다'는 이랑 씨의 이야기와 아주 닮아 있다고 할 수 있겠네요.

자전거만 타면 노래를 부르는 AI

저는 SF 영화를 아주 좋아합니다. 우주와 관련한 영화가 개봉한다는 소식을 들으면 매우 기쁩니다. 집에서 혼자 영화를 볼 때도 검색 카테고리에 SF나 우주, 미스터리 등을 넣어 우선적으로 찾아봅니다. SF 영화 중에서도 AI를 다루는 영화를 좋아합니다. 산성 침만 흘리는 에일리언은 그다지 좋아하지 않습니다. 그들은 대사를 하지 않으니 무슨 생각을 하는지도 알 수 없기 때문입니다(어쩌면 흘리는 침의 양으로 뭔가를 표현하고 있는 것일지도 모르지만요). 언어를 가지고 있는 우주 생명체가 나오면 기쁩니다. 그래서 「컨택트」(드니 빌뇌브 감독, 2016)라는 영화를 재미있게 봤습니다.

어릴 때는 로봇이 나오는 꿈을 종종 꿨습니다. 초등학생 때였던 것 같아요. 커다란 로봇이 갑자기 저를 찾아와서 '너만이 내 안에 들어갈 수 있어' 뭐 그런 대사를 하며 저를 자기 가슴 속에 태워주는 꿈이었습니다. 로봇을 조종하게 된 저는 로봇을 타고 동네 놀이터에 갔습니다. 그밖에 별다른 특별한 걸 하지는 않았던 것 같습니다. 어린아이가 꿈에서 구현할 수 있는 배경 소스가 많지 않아서겠지요. 그런 비슷한 꿈을 여러 번 꿨는데, 한번은 '나만 탈 수 있는' 로봇 속에 들어갔더니 엄마가 그 안에서 설거지인지 요리인지를 하고 있었습니다. 순간 특별했던 감정이 사라지고 제게 거짓말을 한 로봇에게 강한 배신감을 느끼며 잠에서 깼습니다.

AI가 나오는 영화는 크게 두 가지로 분류할 수 있습니다. 인간이 되고 싶은 AI가 주인공이거나 AI가 되고 싶은 인간이 주인공이거나. 저는 AI가 되고 싶은 인간이기 때문에 인간이 되고 싶어 하는 AI가 주인공인 영화나 드라마를 주로 찾아봅니다. 그들이 왜 그렇게 인간이 되고 싶은지 궁금하거든요. AI가 되고 싶은 인간 이야기는 굳이 찾아보지 않습니다. 제 안에도 이유가 한가득 있기 때문입니다.

인간이 되려는 열망이 가장 강했던 영화 속 인물은 「바이센테니얼 맨」(크리스 콜럼버스 감독, 1999)의 주인공인 것 같습니다. 로빈 윌리엄스가 그 배역을 맡아서 연기했어요. 처음에는 보통 로봇처럼 차갑고 딱딱한 몸체를 가진 '가전제품' 같은 그였지만, 인간이 되려는 열망으로 나중에는 늙고 병들 수 있는 몸을 가지는 수술을 받습니다. 그럼에도 사회는 그를 인간으로 인정해주지 않지요. 인간임을 증명하기 위해 계속 노력한 결과, 그는 죽기 직전에야 겨우 인간임을 증명받고 행복해하며 숨을 거둡니다. 그의 행복 감을 저는 이해하지 못했지만 그가 끊임없이 노력하는 게 신기해서 영화를 끝까지 봤습니다.

애니메이션 「공각기동대」의 주인공 쿠사나기 소령의 신체는 제가 꿈꾸는 AI가 된 인간형과 가장 가까운 것 같아요. 극중 사고로 몇 번이나 신체 개조를 한 쿠사나기 소령은 뇌세포 몇 그램과 정신만을 남기고 모든 것이 바뀐 자신이 진짜 '나 자신'인지를 많이 고민하는데, 그 고민은 잘 이해되지 않습니다. 태어난 그대로 35년째 살고 있는 저는 쿠사나기 소령처럼 신체 개조를 하지 않았기 때문에 온전히 '100퍼센트 나'일까요? 그럴 리가 없습니다. '100퍼센트 나'는 '100퍼센트 오렌지주스'처럼 실은 많은 게 뒤섞여 있는 것이겠지요. 앞으로도 사고나 병으로, 몸의 변화가 더욱 크게 올 수도 있고요. 체형은 0세 때부터 지금까지 꾸준히 변했고, 생각도 취향도 계속 바뀌고 있습니다.

저는 '변하는 나'를 크게 괘념치 않습니다. 35년 동안 그다지 좋아하지 않는 '먹고 자는 것'을 안 할 수만 있다면, 제 신체 전부를 기계화하는 실험에 기꺼이 참여할 겁니다. 먹고 자는 건 정말 피곤합니다…… 그런데 영화 속에 나오는 AI들은 모두 충전을 하는 시간이 필요하고, 그들이 충전하는 동안 안 좋은 사건이 많이 벌어지는 걸 자주 보았습니다. 저는 기계화가 되어도 꼭 충전하지 않아도 되는 몸을 갖고 싶습니다.

저는 성경에 근거한 유일신을 믿는 어머니에게서 태어나, 어릴 때부터 자연스럽게(어머니에게는 자연스럽고, 제게는 억지스러운) 성경 교육을 받으며 자랐습니다. 제 어머니는 이전에도 여러 가지 종교를 가졌던 사람입니다. 뭐든지 공부하는 걸 좋아하고, 탐구 정신이 강한 분입니다. 어릴 때는 엄마의 그런 점이 매우 피곤했습니다. 엄마는 뭔가 하나에 '꽂히면' 모든 것을 바꾸고, 집 안의 모든 게 바뀌었기 때문입니다. 그건 저에게 매번 세계가 바뀌는 것처럼 피곤한 일이었습니다. 일례로, 엄마가 '참치'에 꽂히면 저희 집 식탁에는 줄곧 삼시 세끼 참치 반찬이 나왔습니다. 그렇게 5년 정도 참치를 먹고 나면, 다음 테마가 나타나곤

했습니다.

언젠가 엄마가 '우상숭배를 멀리하라'는 성경 구절에 꽂힌 날이 기억납니다. 신을 잊을 정도로 좋아하고 빠져 있는 게 있다면, 그건 우상숭배이기 때문에 신을 잊게 하는 것들을 멀리하라는 내용이었던 것 같아요. 그 이야기를 듣고 온 엄마는 그날 집 안을 다 뒤져 좋아한 화가의 두꺼운 화집을 꺼내서 버리고, 오랫동안 좋아하던 한국의 유명 록밴드 '산울림' 카세트테이프들도 버렸습니다. 엄마가 좋아하는 산울림 노래를 집에서 저도 많이 들었기 때문에 그 카세트테이프들이 버려지는 게 너무 슬펐습니다. 언제 다시 그 노래를 들을 수 있을까…… 더 이상 들을 수 없게 된 산울림 노래들을 학교에 걸어가며 기억나는 대로 부르곤 했습니다. 제가 좋아했던 산울림 노래는 「꼬마야」입니다.

꼬마야 꽃신 신고 강가에나 나가보렴
오늘 밤엔 민들레 달빛 춤출 텐데
너는 들리니 바람에 묻어오는 고향빛 노랫소리
그건 아마도 불빛처럼 예쁜 마음일 거야

2절까지는 외우지 못했기 때문에 계속 1절만 반복해서 부르며 이 노래를 기억했습니다. 혹 AI가 되어도 저는 노래 부르는 걸 좋아하는 AI가 될 것 같습니다. AI가 되어 목소리가 바뀐다면 한동안은 노래 부르는 게 어색할 테지만, 그래도 열심히 부를 것 같습니다.

아, 요즘 깨달은 신기한 게 있습니다.

저는 매일 자전거를 타고 집에서 작업실을 왔다 갔다 하는데요, 어느 날 제가 자전거에 올라타자마자 노래를 부른다는 걸 인지하게 됐습니다. 자전거와 노래는 언제부터 연결된 것일까 궁금했지만, 그 시작을 찾을 수는 없었습니다. 다만 자전거를 타자마자 부르는 노래들이 몇 가지로 정해져 있다는 것만 알 수 있었습니다. 자전거를 타면 노래를 부른다는 걸 깨달은 뒤 '앞으로는 자전거를 타도 의식이 작용해 자연스럽게 노래가 나오지 않겠군' 하고 생각했지만 전혀 아니었습니다. 의식하고 자전거를 타도 자동으로 노래가 나와서 놀랐습니다. 제 입에서 흘러나오는 노래를 제 귀로 들으면서 '나는 정말 노래하는 걸 좋아하는군' 하고 생각했습니다. 요즘엔 자전거를 타면 부르는 노래들을 기억했다가 하나씩 적어둡니다(자동으로 재생되는 노래 목록은 『괄호가 많은 편지』(슬릭·이랑, 문학동네, 2021)에 적어두었습니다). 목록을 보며 어떤 공통점을 찾을 수 있을까 하고 기대합니다. 이가라시 상도 무의식적으로 하는 행동이 있을까요? 궁금합니다.

여러 가지 이야기를 더 하고 싶습니다만, 글이 길어지면 번역도 어려울 것 같아 오늘은 AI와 노래에 관한 이야기에서 마칠까 합니다.

여기서 끝내려고 했는데 최근 소식을 조금 더 전하고 싶네요. 센다이에서 이가라시 상과 함께 만났던 제 파트너 타케시는 얼마 전 두 번째 비자 연장을 했습니다. 평소라면 한 번만 가능한 연장이지만 일본의 긴급사태 선언으로 두 번까지 가능하게 됐습니다. 타케시가 당장 일본으로 돌아가면, 양국의 무비자 입국 금지로 언제 다시 만날 수 있을지 모르는 상황이었기 때문에 연장이 된 건 무척 다행이었습니다. 다만, 정말 만날 수 없는 상황이 언젠가 찾아올까 봐 너무 두렵습니다.

또 오늘은 작년부터 항암 치료를 받고 있는 동갑내기 친구의 안 좋은 소식을 들었습니다. 친구는 몇 차례 여러 가지 치료를 시도했지만 어느 것에도 차도가 없어 몇 번째 병원만 옮기고 있습니다. 옮길 때마다 의사에게 '더 이상 해줄 것이 없다'는 말을 듣는 모양입니다. 만날 때마다 '나를 이렇게 잘 이해하는 사람이 있다니' 하고 놀랄 정도로 정말 귀하고 신기한 친구이기에, 그와 더 이상 대화를 나누지 못하는 순간을 상상하면 매우 두렵습니다.

이가라시 상은 여러 번 이별을 경험하셨나요?
이별을 상상하는 것과 실제 이별하는 건 얼마큼 다를까요?
무서운 상상을 하지 않으려고 해도 매일 무서움을 느껴버려 몸이 점점 아픈 것 같습니다.

사람들은 매일매일 누군가를 떠올리며 살더군요

이랑 씨에게 보내는 두 번째 편지 ○▽▨△

답장이 늦어 미안합니다. 벌써 6월인데 코로나19가 올해의 절반을 망가뜨리고 말았네요. 그렇다고 사태가 진정세에 접어든 것도 아니고요. 왠지 모르게 시들해졌지만 여전히 많은 나라가 팬데믹에 힘들어합니다. 앞으로 우리의 일상이 어떤 형태로 계속될지 전혀 알 수가 없네요.

지금 이 상황은 2011년 동일본대지진과 어딘가 닮았다는 느낌이 들어요. 그때도 지진과 쓰나미로 많은 게 파괴되고 사라졌는데…… 아직도 후쿠시마 원전 사고는 그 끝이 보이지 않는 상태입니다. 아무리 큰 재해나 사고가 발생해도 시간이 경과하면 조금씩 수습되기 마련인데, 원전 문제는 한 치 앞도 보이질 않고 후쿠시마는 지금도 달라진 것이 없습니다. 멜트 다운(원자로 중심의 핵연료 다발이 녹아내리는 현상)이 왜 일어났고 왜 멈췄는지, 그 어떤 검증도 하지 못한 채 벌써 10년 가까운 시간이 지났고 방사능 앞에서 과학은 그저 무력할 뿐입니다. 체르노빌이 그랬듯 이대로 20년, 30년이 흘러가버릴 테죠.

지난번에 AI 이야기를 했었죠? 이랑 씨가 말한 영화「바이센테니얼 맨」주인공 앤드류 정도면 저도 인간으로 인정할 수 있을 것 같아요. 가사 로봇 시절의 앤드류는 그저 로봇일 뿐이었잖아요. 나중에 점점 인간에 가까운 육체를 갖긴 하지만 뇌는 전자두뇌 그대로였으니까요. 이것이 인간으로 취급받지 못한 이유인데, 반대로 뇌가 인간인 경우라면 아무리 다른 부분이 기계로 만들어져 있어도 '인간'으로 여길 것 같아요. 역시 인간과 로봇을 구분 짓는 기준은 뇌에 있다는 거겠죠.

AI는 분명 전자두뇌이자 프로그램의 일종이지만, 딥러닝(컴퓨터가 사람처럼 생각하고 배울 수 있도록 하는 기술)이나 싱귤래리티(AI가 진화하다가 인류의 지능을 초월하는 특이점) 같은 기술 혁신이 일어나면 다른 차원의 AI가 실현될 거라고들 합니다. 어쩌면 과학자들이 이따금씩 그려내는 '장밋빛 미래'에 지나지 않을지 모르지만, 인간이 AI와 장기를 둬서 이기는 일은 완전히 불가능해지겠죠.

AI 장기는 딥러닝 프로그램을 사용하는데, 기본 프로그램만을 심어두고 그다음은 AI끼리 엄청난 횟수의 장기를 두게 해서 학습시키는 거라고 합니다. 도시 전설 같은 이야기지만 그런 과정을 거친 AI들이 어느새 자기들만 아는 언어를 만들어 커뮤니케이션한다는 설도 있어요. 아마 그

걸 개발한 사람은 깜짝 놀라 서둘러 콘센트를 뽑아버리지 않았을까요? 으하하하.

　AI는 프로그램이고,「바이센테니얼 맨」속 앤드류의 두뇌 역시 프로그램일 뿐입니다. 인간이 만든 프로그램대로 움직이는 걸 AI라고 부를 수는 없지요. AI란 폭주할 때 비로소 진정한 AI가 된다고 생각합니다. 그런 의미에서 앤드류가 '인간이 되고 싶다'고 생각한 타이밍이 곧 AI로 탈바꿈한 순간이라고 봐도 무방하겠죠.

　저는 AI를 갖고 싶은 사람인데, 이랑 씨는 AI가 되고 싶은 사람이군요. 생각해보니 먹는 것도 자는 것도 싫어하는 사람에겐 AI가 꿈의 세계일 수 있겠네요. 인간은 그야말로 먹고 자기 위해 살아간다고 해도 과언이 아니잖아요. 과연 AI가 된 이랑 씨는 무슨 일을 할까요? AI가 된 후에도 이랑 씨가 노래를 부른다면 그야말로「공각기동대」속 세상 같겠네요. '자전거만 타면 노래를 부르는 AI', 상상해보니 그것도 근사하겠네요.

　제가 무의식적으로 하는 행동은 TV를 보면서 계속 툴툴대는 거예요. 그래서 가족들이 저랑 같이 TV 보는 걸 안 좋아합니다.

지난번 편지에서 철학 이야기도 조금 나눴는데, 다소 억지스러운 비유일지 모르지만 철학이란 'AI가 되어 사고하는 것'이 아닐까 싶습니다. 그래서인지 저는 가끔 'AI적인 시선'으로 세상을 파악하는 버릇이 있어요. 아니, 버릇이라기보다 의식적인 행동에 가까울지도 모르겠네요.

AI는 '나'라는 존재를 모를뿐더러 정말로 '인식'한다고도 볼 수 없고, '말'의 의미를 제대로 이해한다고 할 수도 없습니다. 그런데 고대 그리스 철학자 고르기아스가 제시한 테제 중에 다음과 같은 게 있어요.

1. 아무것도 존재하지 않는다.
2. 설령 존재한다 해도 결코 인식되지 않는다.
3. 설령 인식된다 해도 결코 그것을 말로 설명하지 못한다.

물론 인간 이야기인데요, 철학이란 어떻게든 이를 부정해보려고 생겨난 거라고 말하는 사람이 있을 정도로 문제적인 정립입니다. 저도 고르기아스의 이 테제를 처음 알게 됐을 때는 당치도 않다고 생각했지만, 되돌아보면 어린 시절에 '이 세상은 대체 뭘까', '왜 아무도 알려주지 않는 거지?', '혹시 남들도 다 모르고 살아가는 건 아닐까?'라는 의문을 가진 적이 있어요. 그야말로 고르기아스의 테제 그 자체였죠.

'이 테제대로라면 인간도 AI와 비슷한 게 아닐까, 아무 것도 모르면서 아는 척하며 말로만 이미지를 만들어가는 거 아닌가' 하고 생각했어요. 저는 지금도 고르기아스의 테제를 부정하지 못하고 있습니다.

이랑 씨는 다양한 종교를 믿어온 어머니 밑에서 그 영향을 받으며 자랐군요. 한번 참치에 꽂히면 5년 동안 매일 참치를 먹어야 했다니, 그거 정말 굉장하네요. 저 같으면 틀림없이 비뚤어졌을 거예요.

어쩌면 우리 어머니는 이랑 씨의 어머니와 정반대 성향이었는지도 모르겠어요. 하루하루 생활에 쫓겨 무언가를 강렬히 믿는 일이 없었거든요. 아버지는 '취미형 인간'이었지만 그렇다고 취미로 먹고살 만큼 소양이 있지도 않았어요. 그저 매일 언짢은 표정을 짓고 있었죠. '대체 뭐가 그렇게 기분 나쁜 걸까' 싶을 정도로 짜증스러운 얼굴이었기 때문에 저희 삼 형제는 아버지를 그다지 따르지 않았어요.

이제는 두 분 다 안 계시기 때문에 저는 헤어짐이라고 하면 부모님과의 사별이 먼저 떠오릅니다. 아버지가 돌아가신 건 서른 살 무렵이었어요. 심근경색이 원인이라 꽤나 급작스럽게 이별을 하게 됐죠. 앞서 말했듯, 아버지를 그리 좋아하지 않았던 터라 본가로 돌아가는 마음은 무겁기만 했습니다. 그런데 길게 누워 잠들어 있는 아버지의 머리맡에 앉아 얼굴을 덮고 있던 천을 걷어냈더니, 늘 언짢아 보이기만 하던 아버지가 멍한 표정을 짓고 있는 거예요. 그 모습을 본 순간, 스스로도 당황할 만큼 많이 울고 말았습니다.

어머니는 여러 차례 뇌경색을 일으켜 돌아가실 즈음에는 정신이 맑지 않았어요. 돌아가신 연세가 아흔이셨으니 아버지 때와 달리 서서히 죽음에 가까워지는 느낌이었죠. 저는 의심할 여지가 없는 마마보이라 당연히 울 줄 알았는데, 눈물이 전혀 나지 않다가 임종 후 푹 꺼진 어머니의 눈가를 보고 나서야 눈물이 차오르던 게 기억납니다.

부모님이 살아 계실 때는 잊고 지낼 때가 더 많았는데, 오히려 세상을 떠나신 지금이 훨씬 가깝게 느껴진다고 할까요. 바로 곁에 있는 듯한 기분이 듭니다.

이별의 횟수를 세어본 적은 없지만, 사람은 누구나 셀수 없이 많은 만남과 이별을 반복하며 살겠죠. 매일 스쳐 지나가는 사람들과도 결국 만났다가 헤어지는 셈인데, 특히 여행지에서의 헤어짐은 인상적입니다. 딱히 친분도 없는, 그냥 버스 안에서 만난 할머니 같은 사람들과의 스침 말이에요. 그럴 때마다 '이 사람과 평생 다시 만날 일이 없겠지'라는 생각을 합니다.

연애의 이별은 마치 상대방이 혼란을 틈타 사라져버리는 듯한 이미지예요. 다만, 저는 만나려고 마음만 먹으면 언젠가는 다시 만날 수 있다고 믿는 사람이기에 연인과의 이별에 비장함은 별로 없습니다.

언제였더라, AI의 시선으로 인간을 바라보니 사람들은 매일매일 누군가를 떠올리며 살더군요. 왜 항상 그렇게까지 누군가를 생각할까요. 심지어 그 사실을 자각조차 못하는 것 같은데 말이죠.

기억할 수 없는 말들이 기록되는 시대를 살며

이가라시 상에게 보내는 세 번째 편지 053

지난 일주일은 매우 힘든 날들이었습니다. 인터넷에서 여러 사람들에게 공격을 받았어요. 이런 일이 한두 번은 아니기 때문에 좀 익숙해진 것 같아도 매번 그렇지 않네요. 왜 공격을 받는지 궁금해하실 것 같은데, 이유는 매번 다릅니다. 페미니스트이기 때문에, 육식을 하기 때문에, 여러 직업을 가지고 있기 때문에, 돈 이야기를 자주 하기 때문에, 성소수자 친구가 있기 때문에……

　SNS에서 종일 멘션이 쏟아지는 날에 혼자 있으면 자꾸 핸드폰을 켜서 확인하게 돼, 밖에서 친구와 만날 약속을 잡고 신경 쓰지 않으려고 합니다. 그래서 지난주 내내 밖을 돌아다니며 술을 마셨어요.

　전에 제게 폭력을 행사한 가해자이자 연인이었던 사람에게 하루 종일 연락이 올 때도 무섭고 싫었지만, 받지 않으면 더 무서운 일이 벌어질 것 같아 항상 핸드폰을 가까이에 두고 전화가 오면 바로 받았습니다. 핸드폰에서 귀를 떼지 못하고 그 사람이 욕하는 소리를 몇 시간이고 듣고 있었습니다. 오늘도 인터넷에서 저를 욕하는 문장들에서 눈을 떼지 못하고 어렵게 하루를 보내다가 이 이야기를 이가라시 상에게 보내는 편지에 써야겠다고 생각했습니다. 편지를 쓰면 핸드폰을 보지 않아도 되고, 상대방이 눈앞에 있진 않지만 내 얘기를 들어주는 것 같아 안도감을 느낍니다. 인터넷은 이렇게 멀리 있는 친구와 연결될 수 있는 소중한 도구이지만, 불특정 다수에게 상처를 받게 되는 무서운 무기이기도 하네요.

전에 청소년 워크숍을 진행하면서 청소년들이 갖는 가장 큰 공포 중에 '사이버불링(사이버 공간에서 특정인을 괴롭히는 행위)을 당하는 것'이 있다는 걸 알게 되었습니다. 인터넷에서 공격받는 사람들을 저보다도 더 많이 보고 자란 아이들이기 때문에 언젠가 자신도 그런 공격의 대상이 되는 걸 구체적으로 상상하고, 개인 SNS를 어떻게 사용해야 할지 무척 고민하고 있었습니다. 이제 막 세상에 자신을 알리고 싶어 하는 아이들이 아직 일어나지도 않은 일에 엄청난 공포를 갖고 있는 모습을 보니 안타까웠습니다. 하지만 제게도 그런 일이 자주 벌어지기에 "괜찮아, 그런 일은 없을 거야" 하고 간단히 말할 수가 없었습니다.

저는 인터넷에 본명인 이름과 얼굴, 생년월일과 사는 지역까지 알려져 있기 때문에 인터넷에서 공격을 받을 때마다 매우 두렵습니다. 제가 만든 음악과 영상과 글을, 제 생각보다 많은 사람들이 듣고 보기 때문에 갑자기 불특정 다수의 사람들이 인터넷에서 저를 찾아와 공격해도 그냥 받아들여야 하는 걸까요? 힘 있고 돈 많은 큰 회사에 소속된 사람들도 개인 SNS를 하는 시대이기에 저보다 더 험난한 하루를 보내는 분들이 많이 있겠지요.

한국에서는 2019년에 두 여성 아이돌이 잇달아 자살을 했습니다. 오랫동안 사이버불링에 시달렸던 두 사람은 친한 친구 사이였어요. 이들의 죽음 이후, 한국에서는 연예인 기사에 댓글란이 사라졌습니다. 댓글란이 없어진 건 좋은 변화지만 개인 SNS 계정으로 찾아와 댓글을 달거나 메시지를 보내는 사람들은 여전히 존재하겠지요.

인터넷에서 저를 공격하는 사람들은 제가 오래전에 인터넷에 남긴 말을 저장해두었다가 그것을 공격의 이유로 꺼내기도 합니다. 한 사람의 모든 말과 행동이 기록에 남는 건 좋은 일일까요? 제가 AI가 되면 당연히 모든 말과 행동이 제 데이터에 차곡차곡 기록될 게 분명한데, 그걸 지금부터 대비할 방법이 있을까요? 한때는 '옳다'고 생각했던 말이 몇 년 뒤 완전히 '틀린' 말이 되기도 하는 변화무쌍한 세상에서 전부 기억할 수 없는 말들이 오랫동안 기록되고 저장되는 것에 대해 생각해보게 됩니다. 작품을 만들고 남기는 것을 포함해서요.

얼마 전 친구 둘이 눈앞에서 크게 싸웠습니다. 오랜 연인인 두 사람은 처음엔 가볍게 싸우다가 점점 언성이 높아지고 대화의 수준은 유아기로 회귀하는 것 같았습니다.

"내가 언제 그런 말 했어."

"니가 그때 그랬잖아."

"나는 그렇게 기억 안 하는데?"

"나는 그렇게 기억하는데?"

"그럼 내가 잘못 기억한다는 거야?"

"아니, 그럼 내가 잘못 기억했다는 거야?"

"내가 그랬다는 증거 있어?"

"내가 기억하는 게 증거지!"

"니가 그렇게 똑똑해?"

"그러는 너는 얼마나 똑똑해?"

누가, 언제, 어디서, 무엇을, 어떻게, 왜. 육하원칙에 맞춰 모든 것을 정확하게 기억한다고 해도 증거가 서로의 기억뿐이라면 이 싸움은 언제 어떻게 끝나게 될까요? 기억이 아니라 모든 게 다 기록되어 있었다면 이 싸움은 애초에 벌어지지도 않았을 거라 생각하며 저는 두 사람의 싸움을 열심히 말렸습니다.

저는 어릴 때, 기억을 위해 몰래 기록했습니다. 엄마에게, 아빠에게 억울하게 혼난 날을 기억하려고 했습니다. 저를 이렇게 억울하고 화나게 한 엄마, 아빠, 언니, 동생의 행동을 오래오래 기억했다가 나중에 어떤 방식으로든 복수하는 게 기록의 목표였습니다. 어릴 때는 제 방과 가방을 엄마가 수시로 감시하고 뒤졌기 때문에 마음 놓고 일기를 쓰지도, 그림을 그리지도 못했습니다.

그래서 제가 가진 유일하게 공간이 많은 가구인 책상에 많은 비밀을 숨기고 살았습니다. 가족들에게 들키지 않고 이 기록을 유지해야 했기 때문에, 책상 상판 유리의 2~3밀리미터 정도 되는 얇은 단면에 작은 글씨로 썼습니다. 책상 서랍을 밖으로 완전히 들어내야 나오는 공간에 일기장을 숨기거나 좋아하는 아이돌의 사진을 숨겼습니다. 책상과 연결된 책꽂이 사이 틈에는 돈을 숨겼고요. 그림은 공부하는 척하면서 노트에 그리고 나서 지우개로 깨끗이 지워 없앴습니다. 자유롭게 기록을 남길 수 없던 시절엔 연필과 지우개가 필수였네요. 지금은 책상도, 유리도, 그 날짜도 사라진 지 오래네요. 그러고 보니 제가 어린 시절 내내 썼던 그 책상은 언제 사라졌을까요. 제가 집을 떠나는 순간까지는 제 방에 있던 걸로 기억하는데 말입니다.

지금은 누구나 자유롭게 인터넷에 자기 공간을 만들고 얼마든지 기록을 해나갈 수 있습니다. 그런 이유로, 잘 들리지 않던 이야기가 세상에 나오는 좋은 변화도 있고요. 그중 제가 인터넷에 감사하며 보는 이야기는 평생 식당 일을 해오신 박막례 할머니의 인생 기록(손녀가 할머니를 인터뷰하거나 함께 생활하는 모습을 영상으로 기록해 유튜브에 올립니다), 임신한 여성이 초기부터 자신의 몸과 마음의 변화를 트위터에 상세히 써 내려간 임신 일기, 큰 병을 가지고 생활하는 이야기를 만화로 그리는 한 젊은 여성의 투병기, 성별 트랜지션 과정을 기록하는 사람의 인스타그램,

이동이 불편한 신체 장애인의 브이로그나 농인과 수어 사용자들이 함께 만드는 유튜브 등이 있네요.

직접 만나보지 못한 다양한 개인의 이야기를 인터넷만 켜면 바로바로 만날 수 있습니다. 그래서 기쁘기도 하지만 언젠가 이들이 무차별 공격의 대상이 되거나 일상에 위협을 느끼지 않을까 걱정되기도 합니다.

종종 인터넷은 힘껏 당겨도 열리지 않는 문처럼 느껴져요. 어쩌면 당기는 게 아니라 밀어야 열리는 문일까요. 이가라시 상은 인터넷을 어떻게 사용하시나요?

우리 인간은 올바른 언어를 구사하지 못합니다

온라인으로 개인적인 공격과 혐오를 당하다니, 많이 힘들겠어요.

인터넷은 저도 사용하지만 블로그나 트위터, 인스타그램을 직접 하지는 않습니다. 스스로 발신은 하지 않고, 참고할 이미지를 검색하는 등 자료 창구로만 활용하는 이른바 ROM(Read Only Member) 상태죠. 『보노보노』 공식 사이트를 오픈할 때는 출판사가 뭐라도 해달라고 요청해서 영화 관련 포스팅이나 에세이 등을 업로드했지만, 그것도 10년이 넘은 일로 지금은 아무것도 하지 않습니다.

지난 편지에서 30여 년 전부터 컴퓨터를 쓰기 시작했다고 말했는데, 그때는 아직 인터넷이 보급되지 않아 전화선으로 컴퓨터 통신을 하던 시절이었어요. AI를 향한 관심 때문에 컴퓨터를 사용하기 시작했는데, 사비를 들여 'IMOs'라는 BBS(네트워크를 이용해 메시지를 교환하는 시스템)를 만들어 운영도 했습니다. 어떤 BBS들이 있는지 알아보기 위해 일본의 온갖 사설 BBS를 뒤지고 다니느라 한 달 전화비가 15만 엔 가까이 나오고 그랬죠.

BBS를 운영하다 보면 당연하게 회원, 즉 유저가 늘어나고 그러면 게시판이 시끄러워지거나 유저들끼리 싸우는 일이 생깁니다. 온라인에서 흔히 볼 수 있는 광경이죠. 어쨌든 운영자의 입장이니 싸우면 일단 중재하거나, 회원 간의 친목 도모를 위해 오프라인 모임을 개최하는 등 운영자노릇을 어느 정도는 해야 했어요. 그런데 넌더리가 나더라고요. 바보와 애송이들만 모여 있었거든요. 하하하하.

그런 일을 몇 년쯤 했더라? 제 회사 'IMO(IGARASHI MIKIO OFFICE)'에서 인공지능과 비슷한 대화 소프트웨어 '토킹 보노보노'를 만들기도 하고 게임 기획과 제작도 했으니, 한 3년은 하지 않았나 싶네요. 그사이 인터넷이 등장했고, 결국 그렇게나 많던 전국 곳곳의 사설 BBS들은 눈깜짝할 사이에 사라져버렸습니다.

당시의 흑역사 때문일까요. 안 좋은 기억이 있어서 저는인터넷 시대로 접어든 후에도 이메일만 사용하고 있습니다. 유튜브도 거의 보지 않아요. 얼마 전 이랑 씨가 출연했던 '여우락 페스티벌' 공연이 온라인으로 본 생애 첫 콘서트일지도 모르겠네요. 음악이란 건, 그리고 악기와 콜라보를 할 수 있다는 건 정말 멋진 일 같아요.

얼마 전 한 매체에 '동물은 왜 말을 못할까'라는 주제로 칼럼을 썼습니다. 이랑 씨 집에도 나이가 지긋한 고양이, 준이치가 있죠? 고양이든 개든 반려동물들과는 대화가 성립하지 않습니다. 아니, 정확히 말하면 반려동물과 사람 사이에는 대화가 필요 없다고 할 수 있지요. 말이 필요 없는, 내가 바라보고 나를 바라보는, 옆에 있어주기만 하는 관계가 어쩌면 완벽에 더 가까운 거 아닐까요?

악기들의 콜라보도 마찬가지라고 생각합니다. 반려동물과의 관계에도, 악기의 콜라보에도 뭔가 교감이 있을 테고 분명 서로 느끼는 점이 있을 거예요. 그런데 그 교감을 말로 꺼내 확인하려 들면 어딘가 어긋남이 생깁니다. 그 어긋남을 바로잡으려 또 다른 말을 덧붙이다 보면 되레 더 어긋나버리고 말죠.

말이나 언어에는 그런 숙명이 있는 것 같아요. 그 이유는 역시 인간이 언어를 제대로 구사하지 못하기 때문이 아닐까요? 저는 아직까지 온전히 바른 말을 쓰는 사람을 거의 본 적이 없습니다. 다들 지나치거나 부족하고, 부정확하거나 틀리게 씁니다. 물론 저도 그중 한 명이지만요. 간혹가다 깜짝 놀랄 정도로 올바르게 쓰는 사람도 있죠. 몇몇 시인이나 소설가, 철학자들 말이에요.

'우리 인간은 올바른 언어를 구사하지 못합니다'야말로 이 세상의 가장 큰 문제이며 앞으로도 그럴 겁니다. 어쩌면 AI가 이 문제를 해결할 수 있을지 모르지만, AI 이야기를 또 꺼내기도 뭣하니 이쯤에서 접어두겠습니다.

이랑 씨에게 어머니의 존재는 '압도적'이었겠네요. 그렇게까지 아이에게 영향을 미치는 게 좋은 일인지 아닌지는 알 수 없지만, 그 영향의 결과로 지금의 이랑 씨가 존재하는 걸 수도 있습니다. 역시 인간은 단순히 '좋다', '나쁘다'만으로 만들어지는 것이 아니라는 생각이 듭니다.

책상 상판 유리 단면에 몰래 글을 적어 기록했다는 에피소드는 그 소재만으로 이야기 한 편을 만들 수 있을 만큼 슬프고 아름다운 느낌이네요. 그 책상, 아마 이랑 씨 집 어딘가에 아직 남아 있지 않을까요? 저는 어릴 적 쓰던 공부 책상을 만화가로 데뷔한 후에도 잠깐 썼는데 지금은 본가에 있습니다. 어쩌면 책상은 모든 이들에게 기억과 밀접한 물건일지도 모르겠습니다.

오늘날 우리에게 있어 책상은 '데스크톱'이라는 말에서도 알 수 있듯이, 조금씩 컴퓨터화되어가고 있는지 모릅니다. 하지만 저는 제 컴퓨터에 별다른 애착이 없어요. 책상 서랍 속에 원고가 들어 있듯 컴퓨터 안에도 원고 데이터가 있지만, 그 데이터 자체는 어시스턴트의 컴퓨터에도, 출판사의 서버에도 보존되어 있으니 예전처럼 귀중하게 느껴지진 않습니다. 물론 지금 쓰는 컴퓨터가 갑자기 고장 나거나 도둑을 맞으면 꽤 낙담하겠지만요.

지금은 만화가도 원고를 출판사에 직접 보내는 일이 거의 없기 때문에 '생(生)원고'를 보내면 출판사와 디자이너들은 마치 날생선을 받은 듯 곤혹스러워할 겁니다. 복사와 붙여넣기도 할 수 없고 보관의 책임까지 생기니 데이터화해서 보낼 수밖에 없겠죠.

요즘에는 일러스트 한 장을 그릴 때도 디자이너로부터 '레이어(층)를 나눠 그려주세요'라는 요청을 받곤 하니, 경악스러운 일입니다. 그럴 때마다 "그럼, 지가 그리든지!"라며 독설을 내뱉지요. 저작권 어쩌고저쩌고하는 것보다도, 그림을 그린 작가 본인의 이미지가 보증받지 못한다는 사실이 얼마나 큰 문제인지 모르거나, 그딴 건 아무래도 상관없다고 생각하거나 둘 중 하나일 겁니다. 저는 요즘 매일같이 디자이너들 욕만 해요.

저는 AI에 관심이 많아 컴퓨터를 쓰기 시작했지만 보통 사람들에게 꼭 필요한 물건이라고는 생각하지 않았습니다. 오히려 보통 사람들이 컴퓨터를 사용하는 건 위험하다고까지 느꼈는데, 빌 게이츠나 스티브 잡스는 저처럼 생각하지 않았죠. 그래서 순식간에 모두가 컴퓨터를 사용하기 시작했는데, 그걸로 다들 뭘 했을까요? 워드프로세서를 쓰고, 가계부를 작성하고, 연하장을 만들고, 받는 사람의 주소를 출력했어요. 저는 속으로 '거봐, 내가 뭐랬어~'라고 소리치며 컴퓨터와 거리를 두기 시작했습니다. 마음 한구석에서 '잘 가, 컴퓨터야'라고 중얼거리면서요.

그 후 등장한 게 인터넷인데 인터넷은 데이터밖에 존재하지 않는, 진짜는 어디에도 없는 세계입니다. 분명 가상 세계인데 이제는 다들 가상이란 사실마저 잊어버린 것 같아요.

어쩌면 인터넷은 아직 아무것도 탄생시키지 않았을지 모릅니다. 그저 현실 세계에 존재하는 것들의 기록을 방대하게 늘리기만 했을 뿐일지도요. 조회 수 몇 억이다, 팔로워 수 몇 백만이다, 연 수입 몇 억 엔이다 등 자아도취와 자기 자랑이 넘쳐나는 세계이니 거기에 질투와 중상모략이

소용돌이치는 것도 당연하겠죠. 일본에서도 한 리얼리티 프로그램에 출연했던 젊은 여성 프로레슬러가 악플에 시달리다 자살한 사건이 있었습니다.

　결국 우리는 아직 디지털 사회를 살아가는 방법을 발명하지 못한 건지도 모릅니다. 이번 편지에서는 옛날이야기만 잔뜩 늘어놓는 것 같아 미안하지만, 막 컴퓨터 붐이 일었을 때 저는 『IMON을 만들다(IMONを創る)』(1992)라는 책을 출간한 적이 있어요. 어떤 내용인지 설명하는 것도 번거로우니 결론만 말하자면, 인간은 머지않아 마치 컴퓨터처럼 '0'인가 '1'인가, 'ON'인가 'OFF'인가의 두 가지 값으로만 사물을 판단하게 될 수도 있다는 이야기를 아무렇게나 늘어놓은 책입니다. '좋다' 아니면 '나쁘다', '좋아한다' 아니면 '싫어한다'의 시선으로만 사물을 보게 될 거라는 뜻이었죠.

　코로나19로 모두가 서로를 '양성' 아니면 '음성'으로만 판단하게 된 요즘의 상황도 그런 흐름 중 하나라고 생각하면 왠지 조금 무섭기도 합니다.

langlee
오늘 드디어 이가라시 상 글의 번역을 받았어요.

LINE일본어통역
今日ついにイカラ気象文の翻訳を受けました

오후 06:28

langlee
저는 이제 답장을 쓰기 시작하려고요!
또 번역하는 데 시간이 걸리겠지만 편지를
주고받는 것이 너무 재미있습니다.

LINE일본어통역
私はもう返事を書き始めるつもりですよ! また、
翻訳するのに時間がかかるだろうが、
手紙をやりとりするのがとても面白いです。

오후 07:48

langlee
샤워하면서도 편지 쓸 생각을 하고,
자전거 타면서도 생각합니다.

LINE일본어통역
シャワーしながらも、手紙を書くことを思うて、
自転車に乗っても思います。

오후 07:49

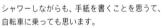

ミック
ランさんの次の文章が楽しみです。
文章のやり取りというのは私にとってもはじめての
体験なので次はもう少し早く返信できると思います。

LINE일본어통역
랑 씨의 다음 문장이 기다려지는군요.
문장의 교환이란 저에게도 처음 체험이라서
다음은 좀 더 빨리 답장합니다.

오후 08:03

2020.06.18. (목)

ミック
ランさん、
証券会社の契約社員だったか採用になった？

LINE일본어통역
랑 씨,
증권회사의 계약 사원이었던가 채용이 된 건가요?

오후 06:59

langlee
네 오늘도 회사에 갔다 왔어요.

LINE일본어통역
はい、今日も会社に行って来ました

오후 06:59

ミック
おお、どうですか？勉強になる？

LINE일본어통역
어, 어떻습니까? 공부가 된다?

오후 06:59

langlee
너무너무 공부가 됩니다!!!!

LINE일본어통역
とても勉強になります!!!!

오후 06:59

langlee
알기 전에는 정말 모르는 세상이에요! 시원합니다.

LINE일본어통역
知る前は本当に知らない世の中です! 涼しいです。

오후 07:00

ミック
エアコンがあるから？

LINE일본어통역
에어컨이 있으니까?

오후 07:00

langlee
하하하하하

LINE일본어통역
笑

오후 07:00

langlee
머릿속이 시원합니다.

LINE일본어통역
頭の中がすっきりします

오후 07:00

2020. 07. 03. (금)

langlee
이 프로젝트를 시작한 이후 "편지에 무엇을 쓸까"
생각하는 게 즐거운 일상이 되었어요.

LINE일본어통역
このプロジェクトが始まって以来、"手紙に何を書こ
うか"考えるのが楽しい日常がなりました。

오후 05:53

ミック
それはよかった。楽しんで書いてください。

LINE일본어통역
그것은 좋았다. 즐기고 쓰세요.

오후 06:05

신이라면 지옥을 만들 리 없지요

두 번째 편지의 답장을 받고 세 번째 편지를 쓰고 곧바로 네 번째 편지까지 쓰기 시작했습니다. 수필이나 소설이 아닌, 누군가가 읽어주는 게 확실한 편지글을 쓰니까 하고 싶은 말이 바로바로 생각납니다.

다 쓴 글을 번역가에게 넘기고 글이 번역되는 시간을 기다리던 중, 암 투병하던 동갑내기 친한 친구가 세상을 떠났습니다. 작년 3월에 간암 말기 판정을 받고 약 1년 반 동안 투병했던 친구입니다.

그는 제게 무척 소중한 사람이었습니다. 제 주변에는 재미있는 사람도, 똑똑한 사람도, 귀여운 사람도, 멋진 사람도 많지만, 그는 그 모든 성품과 재능을 다 가진 신기한 사람이었습니다(이렇게까지 칭찬을 해도 될까요. 이제 세상에 없기 때문에 더 그렇게 느끼는 걸까요). 2019년 3월, 그가 투병을 시작한 뒤 저는 곧바로 주변 친구들과 함께 팀을 꾸려 그의 치료비를 지원하기 위한 프로젝트 '앨리바바와 30인의 친구친구'를 시작했습니다. 30명의 작가가 매일 한 명씩 돌아가며 작품(시, 소설, 그림, 만화, 사진, 오디오북, 음악 등)을 구독자에게 메일로 보내주는 메일링 서비스 프로젝트였습니다.

첫 달에 1,000명이 넘는 구독자가 모였기에 무척 할 일이 많았습니다. 시간이 지나면서 구독자 수는 점점 줄었지만, 6개월 동안 받은 구독료로 꽤 큰 금액을 치료비로 지원할 수 있었습니다. 하지만 프로젝트를 운영하는 동안 할 일이 너무 많아서 투병 중인 친구를 자주 만날 수 없었기에, 이걸 하지 말고 더 자주 친구 옆에 있을걸…… 하고 후회하는 날도 있었습니다.

그는 목사의 아들이며 성소수자였습니다. 그와 저의 비슷한 점은 둘 다 어릴 때 성경에 근거한 가정교육을 받았고, 그 경험 때문에 결국 무신론자는 되지 못한 사람들이라는 겁니다. 하지만 그는 자신의 성 정체성 때문에 자기가 사랑하고 믿는 신이 인정하지 않는 존재라고 스스로를 생각했던 것 같아요. 저는 신을 믿지만 신이 요구하는 걸 제가 다 할 수 없기에 아니, 하고 싶지 않기에 괴로워하는 반항아고요. 제 생각엔 성경에 나오는 신은 너무나 이기적이고, 남성주의에 물들어 있고, 질투심이 많고 편협한 것 같아요. 그렇지만 신이 인간보다 나은 존재이고, 제가 무서워하는 커다란 파도나 천둥도 만드는 존재라면 아무래도 일단 그의 말을 믿고 따라야 하는 게 아닐까,라는 생각이 들 때도 있습니다(별로 그러고 싶지는 않지만요).

성경이나 신을 비판적으로 얘기할 때 친구는 중간중간 신을 향한 두려움을 표현했습니다. '우리가 이런 이야기 하는 거 신성모독이야. 이제 그만하자. 지옥 가겠다' 그러면서요.

저는 지옥을 믿지 않습니다. 신이라면 그 누구보다 더욱 배려심과 이해심이 있을 테고, 그렇다면 편협하고 잔혹하기 그지없는 지옥을 만들 리 없다는 게 제 논리였습니다. 그래서 성경을 비판하는 이야기에 죄책감을 느끼는 친구에 비해 저는 좀 더 신나게 떠드는 편이었지요. 언젠가 친구가 이 세상은 커다란 프로그램일 것이라는 얘기를 했습니다(그렇다면 신은 프로그래머?). 아주 복잡하게 코딩되어 있는 프로그램일 거라고요. 또한 이 세상이 프로그램임을 눈치챈 사람들이 있다면 그 사람들은 바로 무당일 거라고 하더군요. 그 말인즉슨 무당은 프로그램 설계자와 약간이나마 소통할 수 있는 사람들이라는 건데요…… 그 말을 듣고 나서 무당이 되고 싶다고 잠깐 생각했지만, 역시 아닌

거 같아 그만두었습니다. 내가 하지 않았는데 머릿속이나 귓속으로 들어오는 목소리와 생각이 있다면 너무 귀찮을 것 같아서요. 가족들과 함께 살 때, 먹고 싶지 않은데 당장 밥 먹으라는 얘기를 듣거나, 책을 보고 싶은데 보지 말라고 혼났던 경험이 떠오릅니다(저는 어릴 때 책 좀 그만 보라는 얘기를 많이 들어서 숨어서 책을 보곤 했습니다).

죽은 친구의 파트너는 무당에 관심이 많은 사람이랍니다. 유튜브에서 무당이 출연하는 영상이란 영상은 다 찾아서 볼 정도이지요. 그는 종종 무당을 찾아가 신점을 보기도 합니다. 목사 아들 게이와 무당을 좋아하는 게이. 두 사람의 생활은 정말 스펙터클했어요(싸움이 많은 집이었지요). 암 투병 중이었던 친구가 세상을 떠난 뒤, 그의 파트너는 무당을 찾아가 그의 영혼을 불러달라고 해서 이야기를 나누고 싶다는 얘기를 했습니다. 워낙 친구가 갑작스럽게 세상을 떠난지라 우리 누구도 그에게 마지막 인사를 제대로 하지 못했거든요. 만약 그런 일이 가능하다면 저도 인생 처음으로 무당을 만나러 가고 싶네요. 처음 해보는 일이라, 상상하니 좀 떨립니다.

아들이 성소수자임을 숨기고 싶어 했던 목사 집안에서 치른 장례식은 평범한 크리스천 스타일이었습니다. 친구의 오랜 파트너는 상주 역할을 맡을 수 없어 신발장 앞에 서서 손님들과 인사를 나누었고, 저는 장례식 내내 부조금 받는 역할을 수행했습니다. 부조금을 받는 자리에 앉아 조문객들을 바라보는 시간이 참 좋았습니다. 당연하겠지만 방명록에 이름을 쓰고, 부조금 봉투를 건네주는 사람들 면면이 다 달랐거든요. 그들이 책상에 앉아 일하는 저를 대신해 크게 울고 크게 웃어주는 것 같아 저는 긴 시간 울지 않고 앉아 있어도 괜찮았습니다. 그의 가족이 아무리 평범한 교회 스타일 장례식을 차려놓았어도 찾아온 사람들이 입고 온 티셔츠에는 친구와 함께 퀴어 퍼레이드에서 외치던 문구가 쓰여 있었고, 가방에는 무지개 배지와 천사 날개를 단 성소수자 캐릭터들이 날뛰고 있었습니다. 수백 명의 조문객들이 옷, 헤어스타일, 가방, 신고 온 신발로 각자의 색깔을 뽐내고 있었기에 장례식장이 마냥 검지만은 않았습니다.

친구의 장례식에서 신기했던 건 그가 거쳐온 인생의 매 시기마다 그와 인연을 맺었던 사람들이 찾아왔다는 점입니다. 35년의 짧은 인생이었지만 1년 단위로 쪼갰을 때, 그의 1년 1년이 어땠는지 그려볼 수 있는 사람들이 찾아오는 게 신기했습니다. 더욱 신기한 건, 그 여러 시기의 사람들이 하나같이 입을 모아 그에게 '많은 도움을 받았다'고 말하는 거였습니다. 대학생 때도, 사회에 나와서 디자이너로 일하면서도, 출판사에서 일할 때도, 퀴어 잡지를 만들면서도, 취미로 디제이를 하면서도 어떻게 그렇게 많은 사람에게 도움을 줄 수 있었는지 신기했습니다. 모두 그와 자신의 관계가 소중하고 깊었다고 자신했고, 저는 그들의 이야기를 들으며 어쩌면 그는 그가 믿었던 신보다 더 많은 사람들과 내밀한 관계를 맺고 있었다는 생각이 들었습니다. 신에게는 기도하고 또 해도 어째 내 얘기를 듣고 있다는 느낌이 나지 않는데 말이에요.

찾아온 사람들은 화려했지만, 평범하게 검었던 크리스천 스타일 장례식 이후, 그의 오랜 파트너와 친구들은 우리만의 기억을 풀어낼 수 있는 이벤트를 만들고 싶었습니다(그중에 무당을 불러 영혼을 소환하자는 이야기도 장난처럼 나왔지요). 장례식에 찾아온 수많은 사람들이 그와 자신의 관계가 얼마나 소중하고 특별했는지 입을 모아 얘기하는 것도 잊을 수 없었어요. 그래서 그들이 기억하는 친구의 순간순간들을 모으고 그 이야기를 한꺼번에 공유하면 좋겠다는 생각이 들었습니다. 그것이 글이든, 사진이든, 영상이든 뭐든 간에요. 하지만 코로나 시대에 모두 한자리에 모이는 건 위험하니 가까운 친구 몇몇이서 진행을 맡고, 미리 받아둔 글을 대신 읽어주면 좋겠다는 이야기를 했습니다.

아이디어가 오가던 중 '그와 마지막으로 나눈 말'을 모으자는 의견이 나왔습니다. 어떤 친구는 '빨리 내놔'가 그에게 받은 마지막 문자였고, 저는 '헉 잘못 보냈다 미안'이 그에게서 온 마지막 문자였습니다. 마지막 말인데 실수로 다른 데 보내려던 문자를 제게 보냈다니 웃기네요.

5년 전, 병명을 알 수 없는 전신의 통증으로 몇 년간 고생하다 스스로 목숨을 끊은 친구가 있습니다. 그를 기억하는 공통의 친구와 이야기를 나누다 각자 그에게 보낸 마지막 문자를 찾아봤습니다. 제가 보낸 마지막 문자는 '콜라 사 와'였고, 다른 친구가 보낸 문자는 '렛츠 파티'였습니다. 우리는 서로의 마지막 문자가 얼마나 하찮은지 비교하며 웃고 울었습니다.

제가 갑자기 이 세상을 떠나게 된다면 이가라시 상이 기억할 제 마지막 말이 무엇일지 궁금해지네요. 저희는 종종 라인으로 대화를 나누잖아요. 지금 라인을 켜서 확인해보니 제가 보낸 마지막 말은 '좋습니다!'네요. 하하하. 이가라시 상이 보낸 마지막 말은 이것입니다.

'쓰고 싶은 것을 쓰세요.'

참 좋은 말입니다.

우리의 의식과 사고가 모두 신의 언어라면

소중한 친구분이 세상을 떠나셨다고요. 시간이 지나고 나서야 늦은 답장을 드리게 됐는데, 그사이 조금은 안정을 되찾았는지요.

그나저나 이랑 씨는 참 많은 일을 겪네요. 그에 비하면 요즘 제 인생은 바람 한 점 없는 상태 같아요. 코로나19 때문에 아무 데도 가지 못하고, 그야말로 매일 직장과 집만 오가는 전기 고령자(65세~74세 노인을 이르는 말)의 삶을 사는 느낌이랄까요.

저도 갑작스럽게 친한 친구를 잃은 적이 있습니다. 저와 동갑내기였는데 아마 마흔일곱쯤에 세상을 떠났을 거예요. 사는 지역도 달랐고 1년에 한두 번 보는 사이였으니, 그 죽음을 받아들이는 감각도 지금의 이랑 씨와는 상당히 달랐겠죠.

그 친구는 퇴근길에 직접 운전하던 차 안에서 지주막하 출혈을 일으켜 세상을 떠났습니다. 친구가 다음 날 아침까지 돌아오지 않자 그의 아내가 여기저기 전화를 걸었습니다. 연락을 받은 지인들이 그가 전날 일하던 곳으로 찾아가던 중, 갓길에 세워진 차 안에서 핸들 위로 쓰러져 있는 친구를 발견했다고 합니다. 상갓집에서 밤새우고 돌아오는 길에 사고 현장에 들러 분향을 하는데, 차가 발견된 곳이 국도로 접어드는 길목 바로 앞이더군요. 차가 많이 다니는 국도까지만 나갔어도 누군가의 눈에 띄어 목숨을 구했을지 모르는데 말입니다. 당시 친구는 새로 집을 짓고 가구와 짐을 옮기는 일만 남겨두었던 터라 그에게 닥친 불운이 더욱더 안타깝기만 했습니다.

그런 일이 있을 때마다 신의 존재를 의심하고 그 무정함에 낙담할지는 몰라도, 이 세상이 커다란 프로그램일 거라는 생각은 충분히 이해가 돼요. 어찌 됐든, 우리에게 온전한 자유의지가 있는지 의심하는 사람들은 적잖이 존재하고, 저도 아직 확신이 없습니다.

생리학자 벤저민 리벳의 유명한 실험 결과에 따르면, 인간이 버튼을 누르는 동작을 취할 경우 그보다 0.5초 앞서 뇌세포가 움직인다고 합니다. 다시 말해 우리는 뇌세포가 먼저 '누른다'고 결정해야 실제로 버튼을 누른다는 말인데, 뭐 당연하다면 당연하겠죠. 다른 생리학자의 연구에서도 문을 열려고 하면 행동하기 직전에 무의식 속에서 그

감각을 시뮬레이션한다는 내용이 등장합니다. 인간은 그런 과정이 없으면 문 하나도 열지 못한다는 거죠. 이 또한 어찌 보면 당연한 것 같아요.

하지만 저도 몽상을 합니다. '인간의 뇌는 유기적인 수신기이며 우리는 어디선가 흘러들어오는, 또는 태어날 때부터 심어진 프로그램에 따라 움직이고 느끼는 것이다. 만약 그 프로그램이 정지하면 빛도 소리도 없는, 모든 감각이 상실된 태어나기 이전의 장소에 존재하게 될지도 모른다'.

'불완전성 정리(스스로 무모순성을 증명할 수 없다는 이론)'를 발견한 논리학자 쿠르트 괴델도 '우리는 수학과 같이 정해진 규칙성 속에서만 사고할 수 있다'고 말했습니다. 괴델은 신도, 악마도, 천사도 믿던 사람이었죠.

요즘 들어 왠지 학문 이야기만 하는 것 같아 미안하지만, 심리학자 줄리언 제인스의 책 『의식의 기원』(연암서가, 2017)을 보면 언어가 발생하기 전 우리의 의식과 사고는 모두 신의 언어로 받아들여졌다는 내용이 있습니다. 그러니 '배고프다' 같은 말도 신의 언어나 명령으로 받아들여졌겠죠.

'무당'이란 단어를 들으니 나홍진 감독의 영화 「곡성」

(2016)에서 황정민이 노래하고 춤추며 영매를 연기했던 장면이 떠오릅니다. 친구를 추모하는 이벤트로 무당에게 영혼을 불러달라고 한다니, 그것 참 멋진 생각이네요. 꼭 한 번 해봤으면 좋겠어요.

그 친구분은 모두에게 사랑받는 사람이었군요. 제 친구도 정말 주변을 살뜰히 살피는 좋은 녀석, 그야말로 '나이스 가이'였어요. 순박한 사람이었죠. 젊었을 때 도쿄에 살던 저를 만나러 놀러온 적이 있는데, 그때 저한테는 빚이 많았기에 그 친구가 시골에서부터 돈을 준비해 일부러 찾아왔어요. 그런데 저는 그 돈을 노는 데 다 써버리고 밥 한 끼 대접하지 않았죠. 그랬더니 친구는 밤중에 이불 속에서 배가 고프다며 울더군요. 배고파서 우는 사람을 처음 봐서 깜짝 놀랐습니다. 농가의 장남으로 자란 친구였으니 지금껏 끼니를 거른 적이 없었던 거겠죠.

그 친구와 마지막으로 주고받은 대화는 이제 기억나지 않지만, 어쩌면 '응데나(んでな)'였을지도 몰라요. '응데나'는 '쟈-나(じゃあな)'의 사투리로, '잘 가, 또 봐' 같은 말이에요. 1년에 두어 번 만나서 골프를 쳤는데 헤어질 때 인사 대부분이 '응데나'였거든요.

만약 지금 이랑 씨와 저, 둘 중 한 명이 죽으면 어떻게 될까요. 얼마 전 라인으로 '벤포드의 법칙(수로 구성된 데이터에서 첫째 자리에 오는 숫자가 고르게 분포되지 않은 법칙)'을 가르쳐주며 이랑 씨가 마지막으로 했던 말은 "신기한 수학 법칙이었어요"였고, 제 마지막 대답은 "나중에 찾아볼게요"였죠. 이 메시지가 우리가 나눈 마지막 대화가 되면 그것도 재미있겠네요. 이 어중간한 느낌은 '죽음이 지닌 절대적인 어중간함'과도 통하겠죠.

그 후 '벤포드의 법칙'을 검색했더니 자연계에 등장하는 다양한 수치들의 첫 자릿수가 '1'일 확률이 높다는 법칙이더군요. 쉽게 이해할 수는 없었지만 보통 숫자를 셀 때 '1'부터 시작하기 때문에 그 뒤에 나오는 '2'에서 '9'까지의 어떤 숫자보다 '1'이 나올 확률이 높아진다는 뜻으로 받아들여도 될까요?

이랑 씨도 알다시피 저는 한국 영화를 좋아합니다. 얼마 전에 드디어 「벌새」(2018)를 봤습니다. 감독이 여성인 건 알고 있었지만 김보라 감독의 첫 번째 장편영화라는 사실은 놀라웠어요.

김 감독은 인터뷰에서 "주인공 은희를 그다지 보편적이지 않은 여자아이로 그리고 싶었다"고 했는데, 제가 보기에 은희는 충분히 보편적인 여자아이 같았습니다. 그 보편적인 여자아이의 세계를 바라보는 시선을 살짝 틀기도 하고, 살짝 기울이기도 하는 그 '살짝'의 느낌이 좋았어요. 한 예로, 은희가 집으로 돌아오는 길에 엄마를 발견하고 가까이서 큰 소리로 부르는데도 엄마는 뭔가를 넋 놓고 쳐다보느라 눈치채지 못하고 결국 은희를 향해 돌아보지도, 답하지도 않는 장면이 아주 인상적이었습니다.

26년 전 한국의 여자아이들 이야기라지만, 그때의 일본 아이들도 비슷한 느낌이었을 겁니다. 무신경하고 폭력적인 아빠에게 절망하고, 지나치게 운명에 순응하는 엄마에게 실망하고, 형제 사이는 소원하고, 이성 친구를 만나기도 하고, 시험과 학원, 레슨에 쫓기고, 따돌림에 휘말리고, 담배를 피우기도 하고, 도둑질도 하고…… 한국과 일본은 정말 똑같다는 생각을 했어요. 몇 번인가 한국에 갔었는데 한국이나 일본이나, 젊은이들이 처한 상황과 고민은 별반 다르지 않더군요. 물론 개인차야 있겠지만 '대체 왜 이렇게까지 비슷한 걸까?' 하는 생각마저 들었습니다.

경제와 교육 레벨이 일정 수준 이상으로 올라가면 어떤 나라의 젊은이든 비슷한 문제에 부딪히는 것이 사회학적 필연이라지만 말과 문화, 역사가 다른 만큼 조금 더 달라도 괜찮지 않을까 하는 생각이 듭니다. 정작 현실은 말과 문화, 역사만 다르다고 해도 무관할 정도로 닮아 있지만요. 아마 비슷한 부분의 70퍼센트 정도는 우리가 모르는 사이, 사회가 만들어낸 게 아닐까요.

영화 「벌새」 마지막 부분에 1994년에 일어난 성수대교 붕괴 사고가 나오는데, 이랑 씨는 이 사고가 한국인들에게 트라우마가 되었다고 말했죠. 그 후 "일본 사람들에게 트라우마를 남긴 사건은 무엇인가요?"라는 질문을 받아 "한신·아와지 대지진일 거예요"라고 답했는데요, 그 지진은 1995년, 그러니까 성수대교 붕괴 사고가 일어난 다음 해에 발생했습니다. 같은 해 옴 진리교의 가스 테러 사건이 터졌기 때문에 일본인에게 트라우마가 된 기억을 물으면 옴 진리교 사건을 꼽는 사람도 많을지도 모르겠어요. 일본인에게 트라우마를 안겨준 사건이 1995년 한 해 동안 두 번이나 일어난 거죠. 한신·아와지 대지진은 일본인에게

'자원봉사' 의식을 일깨웠고, 옴 진리교 사건은 일본인의 종교 혐오를 더욱 부추겼다고 생각합니다.

성수대교 붕괴 사고는 한국인을 어떻게 변화시켰나요?

그 이야기를 그만할 수 없습니다

이가라시 상에게 보내는 다섯 번째 편지   05

오늘은 하루 종일 누워 있다가 저녁 9시에 겨우 일어나 작업실에 왔습니다. 도무지 일에 집중할 수 없고 불안한 마음이 가시질 않네요. 한국은 8월 15일 이후 코로나 재확산이 심각해졌습니다. 사회적 거리두기는 코로나 확산 정도에 따라 1~3단계로 구분해 시행하고 있습니다만, 지금은 가장 강력한 조치인 3단계를 앞두고 2.5단계까지 온 상황입니다. 3단계가 되면 필수 사회·경제활동 외의 모든 모임과 외출, 다중 시설 이용을 금지하고 모든 사람이 최대한 집에 머물러야 합니다. 하지만 3단계로 갈 경우, 경제적으로 타격이 크기에 현재 2.5단계를 시행하는 분위기입니다(이후 한국은 2020년 11월 사회적 거리두기 5단계를 시행했다가 2021년 3월부터 4단계로 간소화하여 시행 중입니다).

내일은 지난번 편지에서 이야기한 암으로 죽은 친구의 사십구재입니다. 친구들과 내일 아침에 모여 차를 타고 지방에 있는 장지에 가기로 이전부터 약속했으나, 좀 전에 회의를 통해 가지 않기로 결정했습니다. 전국으로 코로나가 급격히 재확산되고 있어, 여러 사람이 모이는 게 불안해졌기 때문입니다. 장지로 가는 길에 휴게소를 들르지도 못하고, 점심이나 저녁을 먹으러 식당에 가는 것도 불안하고요. 요즘 되도록 사람을 만나거나 밖에도 나가지 않았기 때문에, 오랜만에 친구들을 만나는 걸 기대했지만 안전을 위해 이런 선택을 하게 됐습니다.

이렇게 감염병 시대를 살아가다 보니 자연히 나라와 국경에 대해 생각하게 됩니다. 전에 한국과 일본을 오가며 여권을 가지고 비행기를 타고, 입국 심사와 출국 심사를 겪으면서도 자주 생각했던 겁니다. 태어나 보니 저에게는 이름이 있고, 국적이 있고, 나이와 성별이 정해져 있고, 가족도 있었습니다. 이렇게 스스로 선택하지 않은 것들이 미리 정해져 있는 게 낯설게 느껴질 때가 있었습니다. 원래 정해져 있는 건 바꿀 수 없는지 자주 생각했습니다. 그렇지만 자기소개할 때는 원래 정해져 있는 걸 간단히 이야기할 때도 많았습니다.

"안녕하세요. 저는 한국 사람입니다."

외국에 가면 특히 제가 어느 나라에서 왔는지 많이 이야기했던 것 같습니다.

"안녕하세요. 저는 이랑입니다."

한국에 있을 때는 이름을 가장 많이 얘기합니다.

지금은 어디로도 떠날 수 없는 시기이다 보니 '저는 한국 사람입니다'라는 말을 쓸 일이 없네요. 여권을 쓰지 않으면 만날 수 없는 친구들을 생각하면 무척 슬퍼집니다.

아시겠지만 저는 일본인 파트너 타케시와 함께 서울에 살고 있습니다. 현재 그는 체류 비자가 만료됐지만, 센다이로 돌아가는 비행기 직항이 없기 때문에 계속 체류 연장을 하며 서울에 머물고 있습니다. 센다이행 비행기가 다시 운항을 시작하면 그의 비자 연장은 더 이상 되지 않을 테고, 그렇게 되면 타케시는 일본으로 돌아가야겠지요. 하지만 그때가 되었을 때, 전처럼 한일 양국을 오가는 일이 쉬울지 모르겠습니다. 만약 불가능하다면 타케시가 일본에 돌아간 뒤 우리는 어떻게 되는 걸까요. 서로의 국적 때문에 헤어지는 일이 정말 생기게 될까요. 아직 깊게 생각하고 싶지 않은 일이지만 곧 이 일을 더 많이 고민하게 될 것 같습니다.

이가라시 상이 영화 「벌새」를 보았다니 기쁩니다. 제가 만든 영화는 아니지만 그래도 왠지 기쁘네요. 편지에 보니 김보라 감독이 인터뷰 중 "주인공 은희를 그다지 보편적이지 않은 여자아이로 그리고 싶었다"고 했다고 쓰셨는데, 저는 "가장 보편적인 여자아이를 그리고 싶었다"고 말한 걸로 알고 있습니다.

한국판 영화 포스터에는 「벌새」라는 제목 위에, 작은 글씨로 '1994년, 가장 보편적인 은희로부터'라고 쓰여 있고, 인터뷰를 찾아봐도 그렇게 나옵니다. 한국에서 일본으로 인터뷰가 번역되면서 어딘가에서 잘못 전달된 것일까요? 중요한 내용이기에 정정하고 싶습니다(한국판 포스터 이미지를 메일로 보내겠습니다. 일본판 영화 포스터 「벌새」는 어떻게 생겼는지 궁금합니다).

1986년생인 제게 1994년 성수대교 붕괴 사고는 기억에 별로 남아 있지 않습니다. 영화에 나오는 주인공 은희는 그때 중학생이었지만, 저는 초등학교 저학년이었기 때문입니다. 오히려 제게는 2014년 4월 16일에 일어난 세월호 침몰 사고가 기억에 강하게 남아 있습니다. 여객선 세월호 승객 대부분은 수학여행을 가고 있던 300명이 넘는 고등학생들이었습니다.

사고 당일, 저는 친구와 함께 식당에서 밥을 먹으며 세월호가 침몰하는 모습을 TV 뉴스로 보았습니다. 화면에는 바다에 반쯤 잠겨 있는 세월호 모습이 나왔고, 헤드라인에는 '전원 구조'라고 쓰여 있었습니다. 학생들이 많이 타고 있었다는 정보와 '전원 구조'라는 헤드라인을 보며 "정말 다행이다"라고 친구와 대화를 나눴던 기억이 납니다. 몇 시간 뒤, 그 구조 뉴스가 가짜였다는 것과 250명의 학생들을 포함해서 전체 300명가량의 사람들이 배와 함께 바닷속으로 허망하게 가라앉았다는 사실을 알게 되었습니다.

그날부터 잠을 이루지 못하는 날이 많아졌습니다. 밥을 먹으며 보았던 뉴스 화면에는 헬기에서 찍은 배의 모습이 아주 가깝게 비췄기 때문에, 배 안에서 손으로 유리창을 두드리고 두꺼운 유리를 깨보려 의자를 던지는 학생들 모습까지 볼 수 있었습니다. 그렇게 깨지지 않는 창문을 두드리던 학생들이 몇 분 후 배와 함께 가라앉아 물속에서 죽었다는 걸 믿을 수 없었습니다. 자려고 누우면 제 방에 물이 차오르는 것 같은 상상을 멈출 수가 없었고요. 학생들이 느꼈을 마지막 순간의 공포감과 허망함과…… 많은 것들이 괴롭게 다가왔습니다. 이후 학생들이 마지막으로 가족에게 보낸 문자 메시지 내용들이 뉴스에 나오기 시작했습니다. 배 속에 갇혀 있는 시신을 수색하고 수습했던 민간 잠수부들의 인터뷰 등을 통해 그들이 마지막에 어떤 일을 겪었을지 추측할 수 있었습니다.

세월호 침몰 사고가 나고 약 일주일 후, 사망한 안산 단원 고등학교 선생님과 학생들을 추모하기 위한 합동분향소가 안산시에 마련돼 저도 그곳에 찾아갔습니다. 서울에서 지하철을 타고 약 1시간 이상 가는 동안, 안산 지역에 가까워질수록 지하철 안에는 검은 옷을 입은 사람들이 점점 늘어났습니다. 분향소에서 가까운 역에 내릴 때가 되자 주변에는 온통 검은 옷을 입은 사람들뿐이었습니다. 초행길이라 지도를 보며 찾아갈 생각이었지만, 검은 옷을 입은 사람들을 따라 걸으니 자연스레 분향소에 도착했습니다. 마치 이 동네는 검은 옷을 입는 게 룰인 듯, 눈에 보이는 모든 사람들이 검은 옷을 입은 풍경이 매우 낯설고 신기했습니다.

셀 수 없이 많은 사람들이 분향소에 들어가기 위해 줄지어 서 있었고, 저도 2시간이 넘게 줄을 서 있다가 잠깐 들어가 신호에 맞춰 헌화를 하고 곧장 나와야 했습니다. 헌화하고 나오니 자원봉사자들이 음료수와 컵라면 등을 공짜로 나누어주기에 저도 딸기맛 우유를 받았습니다. 벤치에 앉아 한 모금 마시려고 할 때, 갑자기 한 아저씨가 우뚝서서 "이게 나라냐!" 하고 소리 지르며 칼로 자기 배를 몇번 그었습니다. 피가 바닥에 떨어지고 카메라를 든 기자들이 마구 달려와 사진을 찍기 시작했습니다. 여러 사람들에둘러싸여 그 아저씨는 어딘가로 사라졌고, 한 자원봉사자가 바닥에 떨어진 피를 닦으며 투덜댔습니다. 컵라면에 뜨거운 물을 막 부은 학생들이 놀란 눈을 하고 있었습니다. 이 모든 것이 현실이라고 믿기 어려운 풍경이었습니다.

2019년 5월, 안산 지역 축제에 초대받아 노래를 부르러 5년 만에 다시 그곳에 갔습니다. 축제 기간이었기에 거리에는 여러 가지 행사 부스가 길게 늘어서 있었고, 즐겁게 술에 취한 지역 주민들이 느긋하게 걷고 있었습니다. 저는 노래를 부르기에 앞서 세월호 얘기를 꺼내야 할지 무척고민했습니다. 유족들에게 "이제 세월호 이야기를 그만하라" 말하는 사람들이 많다는 걸 알고 있었기 때문입니다.

하지만 세월호 얘기를 그만할 이유가 없다고 생각했기에 첫 곡을 부르기 전, 제가 5년 전 안산에 찾아왔던 이야기를 꺼냈습니다.

이 편지를 쓰는 동안 자정이 지났기에 앞서 내일이라고 말했던 친구의 사십구재 날이 되었습니다. 무엇을 할까 생각하다 초를 켰습니다. '초'가 저에게 무슨 의미를 지니는지는 잘 모르겠으나, 사람들이 어떤 의지를 표현하기 위해 '초'를 사용하는 사회(한국의 촛불 집회를 아시나요?)에 살고 있기에 저도 이 순간 초를 켠 것 같습니다.

저에게 누군가가 "죽은 친구 이야기를 그만하라" 말한다면 무척 화가 나고, 그 말을 한 사람과 싸울 것 같습니다. 생각하면 할수록 "그 이야기를 그만하라"는 말은 정말 싫고, 무서운 말이네요.

머리로 생각하고 손으로 그리는 사람

이랑 씨에게 보내는 다섯 번째 편지 ○▽▣△

어느덧 2020년 10월인데 한국도 코로나19가 다시 확산 중인 모양이네요. 일본의 '2차 파도'는 이제 조금씩 수그러드는 것 같은데, 요즘은 제가 사는 미야기현에도 매일 확진자가 나오고 일일 최다 확진자 수가 경신될 때도 있습니다. 아직까지는 하루 18명이 최고 기록이긴 하지만요.

코로나19라는 재앙이 시작된 게 1월인데, 전 세계 상황을 보니 팬데믹이 쉽게 끝날 거 같지는 않습니다. 일본에서는 확진된 유명인들이 SNS 등을 이용해 사죄하기도 하는데 한국은 어떤가요? 확진자들이 사과하는 일이 있나요?

제 본가가 있는 시골 마을에서는 코로나19 첫 번째 확진자가 발생했을 때 일종의 '신상 털기'가 진행되어 이름과 주소까지 밝혀졌던 모양이에요. 아마 이런 일은 일본 전역에서, 전 세계 곳곳에서 일어나고 있겠죠. 지난 8월에 제 지인이 소설가와 함께 센다이까지 도보 여행을 왔었는데요, 확진자가 많은 도쿄에서 왔다는 이유로 여행 도중 여관에서 숙박을 거절당했다고 하더군요. 화를 피하고 싶은 마음도 이해는 가지만 바로 그런 사고방식이 "그 이야기는 그만해!"라고 말하는 사람을 만드는 거 아닐까 생각합니다.

우리는 전 세계가 하나로 이어져 있다는 사실을 코로나19라는 예기치 않은 사태로 재확인했습니다. 바이러스는 사람을 가리지 않고, 국가를 가리지 않고, 인종을 가리지 않는다고들 하지만, 오히려 바이러스가 사람을, 국가를, 인종을 가린다는 현실이 드러나는 것 같아요. 경제 격차, 의료 환경 격차, 인종이라는 격차 말이죠. 태어날 때부터 정해진 이름과 성별, 국적과 가족, 자신의 속성들이 마치 운명처럼 벗어날 수 없는 굴레가 되어버리는 느낌이랄까요.

이랑 씨와 타케시 군의 상황은 그저 마음이 아플 뿐입니다. 코로나19만 아니었어도, 일본과 한국의 관계가 보통 정도만 되었어도 겪지 않아도 될 일들이 아니었을까요? 머지않아 일본의 입국 규제가 완화된다는 이야기가 들리던데, 부디 그런 변화가 두 사람에게 좋은 영향을 미치길 바라봅니다. 무책임한 질문 같기는 한데, 결혼 계획은 없나요? 뭐, 굳이 여기에서 답할 필요는 없지만요.

맞다, 「벌새」 말인데요. 김보라 감독의 말은 '보편적이지만 어딘가 보통은 아닌'이라는 의미였던 듯합니다. 보

편적이라고 해서 다 '보통'의 범주에 있다고 볼 수는 없잖
아요. 보편적이라는 개념에도 일정의 폭이 있습니다. 보통
사람임에도 누군가는 성수대교 사고로 세상을 떠났고, 누
군가는 세월호의 희생자가 되었으니까요. 보편적인 보통
사람이라고 해서 누구에게나 일어나는 일만 겪는 건 아니
다, 「벌새」는 이런 걸 보여주는 영화인 것 같아요.

　하지만 역시 '보편'이나 '보통' 같은 개념은 어렵네요.
불쑥 제 얘기를 꺼내 죄송합니다만, 2년쯤 전부터 초등학
생 남자아이를 주인공으로 한 만화 『보통의 기분(ふつうの
きもち)』(2020)을 그려왔습니다. 전에 「벌새」 이야기를 하
다 문득, '이 작품은 결국 내 버전의 벌새구나' 하는 생각
이 들더군요. 거짓말처럼 들릴지 모르지만 주인공 소년에
게 제 어린 시절을 투영했다고 할까요? 소년의 마음속 풍
경을 그릴 생각으로 시작한 만화인데, 막상 그려보니 제일
힘들었습니다.

　그도 그럴 것이, 저는 원래 극단으로 치닫는 만화가니까
요. 하지만 『보통의 기분』만큼은, 제목 그대로 '보통'을 그
리겠다는 마음으로 시작했습니다. 왜 그런 마음을 먹었냐
면, 저한테 '보통을 잘 그리지 못하는 만화가'라는 이미지

가 있는 것 같아서요. 아니, 사실은 제 스스로 그렇게 생각 했는지도 모릅니다.

그런 이유로 '보통'을 그리기로 한 것까지는 좋았는데, 원래 극단적으로 그리는 스타일이다 보니 나도 모르게 뭔가를 참고 있었나 봅니다. 그래서 괴로웠던 거죠. 적절한 예인지는 모르겠지만 영화 「황해」(2010)나 「곡성」을 만든 나홍진 감독이 갑자기 「벌새」 같은 영화에 도전하는 것과 다름없는 무모함이 아니었을까 합니다.

결과적으로 '보통'을 잘 그려냈느냐 하면, 별로 자신은 없습니다. 「벌새」의 마지막 부분에는 성수대교 사고가 나오는데 『보통의 기분』은 코로나19로 끝납니다. 일본어로 된 책이라 미안하지만, 12월에 출간하면 이랑 씨에게도 보내드리고 싶네요.

이랑 씨와 저의 접점은 이창동 감독이었지요. 누군가가 이랑 씨를 소개하면서 '이창동의 영화를 너무 좋아해서 이 감독이 교수로 일하는 대학에 들어간 사람'이라는 말을 했어요. 저도 이창동 감독의 열렬한 팬이라 이랑 씨에게 관심이 생겼고, 그 후 일본 공연에서 우리는 만나게 되었죠.

이창동 감독의 제자였던 이랑 씨는 그때 어떤 걸 배웠나요?

일본에서는 이창동 감독의 영화 「오아시스」(2002)가 유명합니다. 제 주변에도 이창동 감독 하면 「오아시스」를 꼽는 사람들이 많습니다. 저 역시 처음으로 본 작품이 「오아시스」였는데 어딘가 보통 영화인들의 작품 스타일과 다르다는 인상을 받았어요. 나중에 찾아봤더니 문학계의 사람이더군요. 시인이기도 하고요.

이창동 감독 영화의 모든 면을 좋아하지만, 그중에서도 한국의 풍경을 담는 방식을 가장 좋아합니다. 일본인의 시선으로 봐도 여타 한국 영화들과는 다른 시적 정취가 느껴지거든요. 이 감독의 영화를 보고 한국에 가보고 싶다는 생각을 했습니다. 원래 영화란 스토리 이전에 풍경이잖아요. 필연적으로 배경이 된 나라의 풍경이 담기니까요.

옛날에 빔 벤더스의 영화 「파리, 텍사스」(1984)를 보고 미국에 가고 싶다는 강한 열망에 휩싸였던 기억이 납니다. 결국엔 가지 않았지만요. 멕시코도 좋아하는데 가본 적은 없습니다. 올해 한 지인이 멕시코에 같이 가자고 했는데 코로나19도 있어서, 실제로 가지는 않을 것 같습니다. 이런 사람으로 살아도 괜찮은 건가 잘 모르겠네요. 가고 싶은 곳은 있지만 가지 않는 사람. 남들 눈에는 얼마나 시시해 보이겠어요. 얼마 전에도 누가 그러더라고요. "꼭 가봐야 돼요!"라고요.

제 책에 『머리로 생각하고 손으로 그렸다(頭で考えて手で描いた)』(1994)라는 제목을 붙인 적이 있는데, 어쩌면 저는 정말 머리로 생각하고 손으로 그리는 게 전부인 사람인지도 모르겠어요. 요즘 이런 점 때문에 이래저래 자기혐오에 빠져 있습니다. 설마 이 나이를 먹고도 내 삶의 방식을 고민하게 될 줄은 꿈에도 몰랐네요.

이랑 씨는 아직도 보험회사 일을 하나요? 그 뒤로 돈의 가치에 대한 관점이나 사고방식에 변화는 없는지요.

저는 기본적으로 돈은 그저 '있거나' '없거나' 둘 중 하나일 뿐이라고 생각하기에 그리 큰 변화를 느끼지는 못하지만, 만화가인 저도 코로나19의 영향을 받았습니다. 사인회나 이벤트는 대부분 중단되었고, 굿즈 판매 장소들도 폐쇄되거나 규모가 축소되어 수입이 줄었기 때문에 국가 지원금을 신청했습니다. 만화가가 나라의 지원을 바라는 게 과연 옳은 일인가 싶었지만, 코로나19에 국가의 대응이 너무 허술했기에 '내가 낸 세금 돌려내!'라는 심정이 더 컸습니다.

꼭 코로나19 때문이 아니더라도 65세가 넘으면 만화가든 다른 직업이든 일이 줄기 마련이고, 자연스레 수입도 적어집니다. 코로나19가 정점일 때는 어시스턴트들까지 모두 온라인으로 업무를 보고 재택근무를 했어요. 이런 업무 방식도 경험해봤고, 언제까지 이 상태가 계속될지 모르니 앞으로는 만화 제작을 전면 디지털화할 수밖에 없다는 생각이 들었어요. 그래서 내년(2021년) 3월까지만 작업실을 쓰고 그 후에는 집에서 일할 계획입니다.

이랑 씨도 와본 적 있는 이 작업실은 벌써 20년도 넘게 사용한 곳인데, 동일본대지진 때 여기저기 피해를 입어 벽에 금이 간 채로 지내고 있었어요. 해가 갈수록 더 심하게 금이 가서 이제는 그림이나 포스터로도 가리지 못합니다.

한국도 코로나19의 영향으로 경제적 어려움이 크다고 들었습니다. 경제가 화폐 아닌 숫자로 움직이게 되면서 우리의 손이 닿지 않는 곳으로 가버린 듯한 느낌입니다. 어떻게든 손가락을 뻗어 필사적으로 매달려 있던 사람들까지 바이러스라는 쓰나미가 휩쓸고 가버린 기분이 드네요.

제 장래 희망은 '구경꾼'입니다

한국은 그제부터 추석 연휴가 시작됐습니다. 일본은 어떤지 모르지만, 한국은 명절이 되면 '민족 대이동'을 합니다. 지방으로 가는 고속버스나 기차표가 모두 동나고 고속도로도 주차장처럼 꽉꽉 막혀요. 올해는 코로나 바이러스를 주의하자며 국가 차원에서 '이동하지 않기'를 권유했습니다. 하지만 고향에 가야 되는 스트레스(?)에서 벗어난 사람들이 전국의 여행지로 놀러가는 바람에 제주도에만 여행객 30만 명이 몰렸다는 뉴스를 보았어요. 무척 괴롭고 슬프고 실망스러운 뉴스였습니다.

앞서 전했던 것처럼 2020년 8월 중순부터 시작된 사회적 거리두기 2.5단계 이후에 저는 꽤 엄격한 비대면 생활을 유지하고 있어요. 친구를 만나지 않는 건 물론이고, 앨범 준비도 모두 중단하고 몇 달째 합주도 하지 않고 있습니다. 예정대로라면(하지만 지금은 '예정'이라는 단어가 없는 것 같아요) 올가을이나 초겨울에 새 앨범을 발표할 계획이었지만, 앨범 작업을 위해 밴드 멤버들을 작은 연습실에 불러 모으는 게 위험하다는 생각에 진행을 중지했습니다. 혹시 제 앨범 작업에 참여한 멤버 중 누군가가 코로나 바이러스에 걸린다면 갑자기 경제활동도 중단되는 등 큰 리스크가 생길 텐데…… 거기까지 생각하면 '지금 꼭 앨범을 만들어야 할 이유는 무엇인가'에 대답할 말을 찾기도 어렵더군요.

하지만 여전히 모르겠습니다. 저는 휴지도, 쌀도, 그림도, 음악도 모두 삶의 중요한 요소라고 생각하며 이 직업을 유지해온 사람이기 때문에 이런 시기에도 혼자 노래를 만들거나 글을 쓰고 있습니다. 그렇지만 주변 동료들에게 '지금 나와 함께하자'는 이야기를 꺼내기는 무척 어렵네요.

얼마 전 마스크를 쓰고 미팅했던 방송국 피디에게 연락이 왔어요. 저를 만나기 전 함께 있던 직원이 확진자와 접촉했다는 사실을 알게 돼, 모두 재택근무를 시작했다는 소식을 전해왔습니다. 그 이야기를 하면서 몇 번이나 저에게 '죄송하다'고 하더군요. 저는 바이러스가 무척 가까워졌다는 걸 새삼 느끼긴 했지만 죄송한 일은 아니라고 답장했습니다.

바이러스가 창궐한 건 누구 한 사람의 잘못도 아니긴 하나 '인재(人災)'라고는 생각합니다. 요즘 이 문제를 많이 생각합니다. 생각을 하다 보면 이가라시 상의 만화 『I 아이』

(시공사, 2013)가 떠오릅니다. "내가 보는 세계의 신은 나"라는 주제에 대해서요. 제 세계엔 코로나 바이러스가 있고, 결국 제 세계의 신인 저의 책임이 100퍼센트라고 볼 수도 있겠네요. 아주 늦은 감이 있지만 얼마 전에 저는 처음으로 텀블러를 샀습니다. 그걸 사면서 '이걸로 뭐가 얼마나 바뀔까' 생각했지만 곧 내 세계가 100퍼센트 바뀐다고 생각하니 무척 뿌듯했습니다.

어디부터 어떻게 말해야 할지 모르겠습니다만, 인간 위주로 생각하고 인간 중심으로 환경을 바꿔나가면서부터 기후 변화도 생기고 바이러스도 생긴 게 아닌가 싶습니다. 그렇게 따지면 환경에 가장 좋은 운동은 인류의 멸망 같기도 하고요. 그래서 그런 주제로 수많은 작품들이 나오는 것 같습니다. 저도 그런 주제로 곡을 몇 개 만들기도 했고요(「환란의 세대」「내가 만약 신이라면」「좋은 소식, 나쁜 소식」이란 곡입니다). 하지만 제가 만든 「환란의 세대」 가사처럼 '동시에 다 죽어버리'는 건 무척 어렵고 무서운 일입니다. 저도 노래로는 부를 수 있지만 실제 행동으로 옮길 수 없는 문장입니다. 실제로 '멸망'은 무척 천천히 오는 것 같습니다. 영화 속에서는 2시간 만에 멸망도 되고 멸망에서 살아남은 사람들의 모습도 볼 수 있는데 말이지요. 현실의 멸망은 앞으로 200년은 더 걸릴지도 모르는 일입니다.

영화 이야기가 나왔으니 이창동 감독님 얘기를 할 때가 된 것 같네요.

저는 학교에서 선생님으로 만났기 때문에 '감독님'보다 '선생님'이라고 부르는 게 더 좋더라고요. 학교 다닐 때 같이 수업을 듣던 학생들은 수업 시간에도 '감독님'이라고 부르긴 했지만요.

이창동 선생님께 영화를 배우고 싶다고 생각한 계기는 영화 「박하사탕」(1999)을 본 열아홉 살 때로 기억합니다. 저는 어릴 때부터 가족을 무척 떠나고 싶어 했고, 그래서 10대 때 고등학교를 그만두고 집을 떠났습니다. 폭력적이던 아빠를 가장 싫어하고 무서워했고, 엄마는 무섭다기보다 이해할 수 없었습니다. 가족과 함께 살던 집에서 나와 2년쯤 후에 영화 「박하사탕」을 보았습니다. 영화가 끝나고도 한동안 아무 말 없이 화면을 지켜보다 갑자기 방바닥을 데굴데굴 굴러다니며 크게 울기 시작했습니다. 그렇게 얼마 동안 괴롭게 울면서도 내가 왜 이렇게 울고 있는지 이유는 잘 몰랐어요.

　찬찬히 생각해보니 그 영화를 보면서 내가 끔찍하게 싫어하는 '이석'이라는 이름의 아빠와 '김경형'이라는 이름의 엄마에게도 내 나이를 거친, 내가 모르는 여러 삶의 시간들이 있었다는 걸 깨닫게 돼서였던 것 같습니다. 그 시간들을 제가 알지도 듣지도 못했고 그래서 내가 잘 모르는 그들을 미워할 수밖에 없었고, 지금도 그들을 한 인간으로 생각하기 어렵다는 안타까움에 많이 울었습니다. 그 영화를 본 후부터 엄마, 아빠를 조금씩 김경형과 이석이라는 개별적인 사람으로 생각하려고 노력했어요. 그 노력의 일환으로 핸드폰 연락처에 '엄마, 아빠'로 저장해놓았던 이름을 두 사람 각각의 이름으로 바꾸었습니다. 여전히 그들이 저지른 실수나 폭력, 제게 남은 트라우마를 다 극복할 수는 없지만 적어도 나와 다른 한 사람이라는 인식은 간신히 생겼습니다.

　어릴 때부터 저는 싫은 건 절대 하지 않는 분명한 성격의 아이였어요. 유치원에도 제가 마음대로 정한 시간에 등원했고, 항상 같은 시간(특히 아침)에 일어나서 가야 하는 학교는 결국 그만뒀습니다. 남자만 할 수 있는 것, 여자만 할 수 있는 것이 정해져 있는 게 정말 싫었습니다. 제멋대로 살았다고 해도 과언이 아닌 시간들이 기억납니다만, 「박하사탕」이라는 영화를 보고 '이야기의 힘'을 느낀 뒤로 싫어하는 것들과 내가 피하고 싶은 이야기들을 더 들어보고 싶은 마음이 생겼습니다. 좋아하는 것만 찾아다니던 성격이 점점 바뀌고, '더 많은 곳에 가보자' 하는 마음이 생겼지요.

이창동 선생님 수업을 떠올리면 무척 좋은 기억이 많습니다. 제가 기억하는 그분은 '이야기의 힘'을 마치 종교처럼 믿는 사람이었습니다(제 맘대로 이렇게 말해도 될까요). 수업 중 '종교'를 가진 사람이 하는 실수(?)나 놓치는 함정에 대해 들은 적도 있습니다. 종교인은 스스로 한계를 느낄 때 거기서 더 나아가 생각, 행동하기를 그만두고, 기도하거나 신에게 맡겨버리는 선택을 하게 된다고요. 선생님은 상황을 지독하게 관찰하고 끝까지 영화에 담아내라고 가르쳤습니다. 이해할 수 없는 순간을 맞닥뜨렸을 때 '기도의 힘' 등으로 넘어가려는 걸 못 견디는 것 같았고, 자신이 보는 세계를 관객에게 제대로 전할 수 있게 영화를 지독하게 설계하는 사람이라는 인상을 받았습니다. 이 세상에 존재하는 수많은 영화감독들에게는 종교가 없을까요? 궁금해집니다.

제 두 번째 앨범 제목 『신의 놀이』(소모임 음반, 2016)는 이창동 선생님 수업 중에 들은 이야기를 힌트로 지었습니다. 가장 좋은 연출은 카메라가 사건이 벌어진 장소에 우연히 있었던 것처럼 장면을 담아내는 거라고 배웠고, 그런 걸 '신의 연출'이라 불렀던 기억이 납니다. 그때, 영화감독은 카메라 안에 자기가 보는 세계를 꾸며 담는, '신의 놀이'를 하는 직업이라 생각했고 이후 그 제목으로 노래를 만들었습니다.

내가 보는 세상을 누군가에게 이야기할 수 있다는 건 왜 이렇게 즐거울까요. 또 다른 사람은 어떤 세상을 보고 있는지 듣는 일도 무척 즐겁고요. 최근에 생긴 제 장래 희망은 '구경꾼'입니다. 다른 사람들이 뭘 하며 어떻게 살고 있는지 평생 구경하면서 살고 싶어요.

그런 의미에서 제가 신나게 구경했던 이가라시 상의 작업실이 내년에 사라진다니 너무나 슬픕니다. 그때 사진을 무척 많이 찍었습니다. 이가라시 상의 낡은 책상과 어시스턴트의 책상, 의자, 벽에 붙은 여러 그림과 포스터들도요. 어릴 때부터 좋아했던 만화 캐릭터들이 여기저기 놓여 있는 모습도 좋았습니다. 20년이라니, 무척 오래된 공간이네요.

제가 지금 쓰는 공동 작업실은 7년(2020년 기준) 정도 됐습니다. 20평 남짓한 공간을 함께 사용하던 멤버 6명 중 2명이 11월에 작업실을 나간다고 합니다. 근 7년을 봐왔던 터라 나간다는 소식에 적잖이 충격받았습니다. 작업실 멤버들과 싸운 적도 있고, 화해하고 같이 여행을 가기도 했습니다. 무엇보다 항상 밥을 같이 먹었지요. 월세는 매년 빠르게 상승해서 저의 경우 7년 전에는 매달 8만 원을 냈는데, 지금은 20만 원을 냅니다. 두 사람이 작업실을 나가는 것도 충격이지만, 지금처럼 수입이 줄어든 코로나 시기에 월세를 더 부담하게 될까 봐 무척 걱정됩니다.

언젠가 작업실 사람들과 게임하면서 우리가 노인이 되면 어떤 게임을 할지 이야기한 적이 있습니다. 아무래도 지금처럼 마작을 할 것 같아요. 재난 상황이 닥치면 어떻게 할지 의견을 나누기도 합니다. 혹시 전쟁이 나면 일단 이곳에 다 모인 뒤 어디로 갈지 함께 정하자는 얘기 등을 하지요. 선거 개표 날에는 작업실에서 술 마시며 개표 방송을 보고, 크리스마스나 12월 31일에도 마작을 하면서 함께 시간을 보냅니다. 언젠가 이 시간들이 끝나고, 작업실이 없어지는 날이 온다면 어떨지 모르겠어요.

요즘 저는 주거 안정을 위해 집을 사고 싶다는 생각을 많이 합니다. 물론 대출을 많이 받아야 하고 서울이 아닌 곳에 집을 구해야 해요. 그러려면 이 작업실을 떠나 먼 곳으로 이사해야 하고요. 서울보다는 싸고, 서울보다는 넓은 집에서 조용하게 사는 걸 상상하면 좋기도 하지만 작업실 사람들과 밥을 자주 같이 먹지 못한다고 하면 '정말 여기를 떠날 수 있을까' 하는 생각이 듭니다.

이가라시 상은 집에서 혼자 작업을 한다고 생각하면 어떻습니까? 20년 동안 매일매일 집에서 나와 작업실로 가던 행동을 멈추면 어떤 변화가 생길까요.

인간의 삶이야말로 가장 큰 이야기다

코로나19로 세상이 어떻게 변할지는 아직 누구도 알 수 없겠죠. 3년 정도 지나면 이 세계가 어떻게 바뀌었는지 조금이나마 보이지 않을까요. 지금은 그저 수십 년에 걸쳐 인류가 만들어온, 모래로 지은 거대한 디오라마(배경을 두고 모형을 설치해 하나의 장면을 만든 것)가 코로나19라는 파도에 쓸려가 서서히 무너지는 중인 것 같습니다. 썰물이 지나가면 남겨진 것들이 차츰 모습을 드러낼 텐데, 아직은 거기에 무엇이 남아 있을지조차 가늠할 수가 없네요.

올해(2020년) 3월쯤, 일본의 한 신문 기자가 트위터에 '초강대국의 대통령도 두려움에 떨게 하는' 코로나19는 '한편으로는 통쾌한 존재다'라는 글을 올렸다가 사과를 요구받은 일이 있었습니다. 당시 저는 그 또한 하나의 의견으로 받아들였지만 이후 팬데믹의 참상을 보고 있자니 역시 입을 다물 수밖에 없더군요. 아무리 그래도 우리가 할 수 있는 일이 마스크를 쓰고, 소독을 하고, 손을 씻고, 사회적 거리를 두는 것밖에 없을 줄은 몰랐습니다. 철학자부터 역사학자, 경제학자까지 다양한 분야의 전문가들이 코로나19를 논하지만, 끝이 보이지 않는 상황 속에서 나누는 이야기는 그저 현재 상황 분석에 지나지 않는 것 같습니다.

최근 들어 세계 곳곳에서 테러, 이민 문제, 인종차별, 지진 등의 자연재해, 원전 사고 등이 일어나고, 앞으로도 이런 시대가 계속될 것으로 보입니다. 일련의 상황들을 보고 있자니 후쿠시마 원전 사고의 이재민 중에 피난처의 중학교에서 '병균'이라 불리며 돈을 뜯기는 등의 일을 겪고 등교를 거부했던 한 소년이 생각납니다. 그 소년이 쓴 수기에는 이런 문장이 있었습니다.

재해로 많은 사람이 죽었으니, 나는 괴로워도 살아가기로 했다.

코로나19를 겪는 지금 들어도 마음을 울리는 말이자, 영화 「벌새」의 엔딩에서 이어지는 여운처럼 느껴집니다. 우리는 '그럼에도 살아가는' 삶에서 벗어날 수 없겠죠.

이창동 감독이 '이야기 신봉자'라고요. 「박하사탕」에서는 거꾸로 되돌아가는 얘기에 충격받았습니다. 이 감독은 '반드시'라고 해도 좋을 정도로 이야기 속에 충격을 심어두는 것 같아요. 「오아시스」를 봐도 가차 없을 정도의 느낌이었고, 이랑 씨의 얘기를 들어봐도 농담을 즐길 사람 같지는 않습니다. 사진 속 얼굴도 꽤 엄격해 보였는데 '주변 사람 모두가 좋아하는 명감독'이라는 말은 들어본 적이 없으니, 어쩌면 당연한 일인지도 모르겠네요.

「박하사탕」을 본 후 아버지와 어머니를 생각하며 울었다는 이랑 씨의 에피소드는 참 슬프고도 아름답습니다. 우리는 부모님의 인생을 자칫 역사의 연대기로만 알고 있는 일이 많은 거 같아요. 저 역시 아버지가 전쟁 중에 중국 만주에 있다가 귀국한 후, 가업을 잇기가 싫어서 가출도 하고 서커스단에 들어간 적도 있다는 정도밖에 모릅니다. 어머니는 운송업하는 자산가 집안에서 태어났지만 가세가 기울어진 후에는 도쿄의 방적 공장에서 일했고, 고향으로 돌아온 뒤 선을 봐서 아버지와 결혼했다는 이야기밖에 들은 게 없습니다.

어쩌다 나온 얘기였는지는 기억나지 않지만, 어머니가 느닷없이 "너희 아빠랑 영화 보러 갔었는데"라는 말을 한 적이 있습니다. 저는 꽤 놀랐습니다. 두 분이 젊은 시절 영화관에서 데이트를 했다니요. 그 모습을 머릿속에 그려보니 더 큰 동요가 일었습니다. 아버지 혹은 어머니라고만 생각했던 두 사람에게도 청년 시절이 있었다는 생각은 해본 적이 없으니까요. 물론 상식적으론 두 사람에게도 젊은 시절이 있었다는 사실을 알고 있었지만, 구체적으로 그려본 적은 없었던 거죠. 그들에게도 청년 시절이 있었고, 그들도 누군가의 자녀였으며, 축복 속에 태어난 아이였다는 것까지는 미처 생각하지 못했습니다. 왜 그토록 부모님께 무관심했는지, 부모님은 그런 아들을 과연 어떻게 생각했을지, 죄송한 마음만 가득했습니다.

어느덧 결혼한 지 30년이 지나고, 슬슬 자식이 결혼할 나이가 되니 아버지와 어머니가 부모였던 때의 기분이 더 잘 이해되었습니다. 우리 딸 역시 저와 아내의 젊은 시절 이야기에는 별로 관심이 없더군요. '둘이 어디에서 처음 만났어?'라든지 '데이트는 어디에서 했어?' 같은 흔한 질문조차 받은 적이 없고, 말해본 기억도 없습니다. 서로 '부모 자식 간이란 원래 이런 거 아닐까'라는 마음으로 살고 있는데 어쩌면 이것이 이 세상 모든 부모 자식의 불행일지도 모르겠네요.

꼭 부모 자식 관계가 아니더라도 가족의 과거에 대해서는 다들 무관심한 편 같아요. 저희 형은 대학에 가길 원했지만 집안 사정상 포기했는데, 결국은 아르바이트로 학비를 벌어 지방의 야간 단기대학에 다녔습니다. 왜 그렇게까지 대학에 가고 싶어 했는지 물어본 적은 없어요.

고등학교 시절, 형의 영향으로 저도 축구부에 들어갔는데 서로 학교가 다르다 보니 연습 시합 상대로 만난 적이 있었습니다. 저는 1학년 신입 골키퍼였고, 형은 졸업을 앞둔 3학년 미드필더였기 때문에 같이 시합을 뛰는 일은 없을 줄 알았는데, 제가 후반전에 출전하니 그쪽 학교에서도 형을 내보내더군요. 아마 상대 팀원 중 누군가가 반쯤 장난으로 출전시킨 것 같았는데, 후반전 중반쯤 형이 드리블로 공격을 해와 저와 일대일로 맞선 순간이 있었습니다. 형이 찬 공은 저를 스쳐 골대 쪽으로 날아갔지만, 골포스트를 비껴가는 바람에 골이 되지는 않았습니다. 형은 쓸쓸하게 웃었고, 저는 내심 '내가 이겼다!'고 생각했지만 형도, 저도 그 일에 대해 따로 얘기한 적은 없습니다.

「박하사탕」은 저에게 '인간의 일생이야말로 가장 큰 이야기다'라는 걸 알려주었습니다. 얼마 전 제 만화『보통의 기분』얘기를 했죠. 뒤이어 연재할 새 작품을 고민하다가 사람의 일생을 그려보기로 했어요. 한 사람이 태어난 순간부터 죽을 때까지 일생을 매달 8페이지 분량으로 그리는 겁니다. 제목은 『인간 일생 도권』으로 정했습니다. 일본 소설가 야마다 후타로의 작품 중 『인간 임종 도권(人間臨終図巻)』(1986)이라는 책이 있는데 거기에서 아이디어를 얻었다고나 할까요, 베껴왔습니다.

『인간 임종 도권』은 역사상 위인이나 유명인의 임종을 그린 작품인데, 저는 30년 전 이 책을 읽었을 때부터 만화로 만들고 싶다는 생각을 했습니다. 하지만 워낙 유명한 소설가인 데다가 이미 세상을 떠났으니 만화화하려면 권리관계 등 여러 가지가 복잡할 것 같아 오랫동안 생각만하고 있었죠. 그러다 얼마 전 새로운 연재를 위해 검색해봤더니 이미 만화로 나와 있더라고요. 전혀 몰랐습니다.

제가 그리고 싶은 건 무명인 사람들의 일생입니다. 사실은 무명인 실존 인물의 삶을 그리고 싶었는데 그러려면 준비할 게 너무 많아서요. 전에 말했듯이 '머리로 생각하고 손으로 그리는 만화가'로서 모든 것이 픽션인, 가공된 인물의 삶을 그리기로 했습니다. 아마도 제1화는 0세에 세상을 떠난 무명 아기의 이야기가 될 것 같아요. 왠지 요즘

제 일과 관련한 얘기를 많이 해서 여기에 홍보하는 느낌인데, 어차피 홍보한다고 잘 팔릴 책도 아니니 아무쪼록 양해해주시길 바랍니다.

왜 이런 만화를 그리게 됐나 생각해보면, 아무래도 제가 나이를 먹은 게 가장 큰 이유일 듯합니다. 얼마 전 20년 넘게 썼던 작업실 문을 닫고 내년부터 자택에서 일한다는 소식을 전했는데요, 거기에는 개인적인 이유 말고도 이런저런 사정이 있었습니다. 어쩌다 보니 코로나19가 기승을 부리는 해에 결정하게 된 것뿐이죠.

옛날 작업실까지 포함하면 30년 이상 자택과 작업실을 왕복했는데, 그 익숙한 생활을 마무리 지으려니 저 또한 고민이 많았습니다. 매일 집에만 있으면 변화가 없달까요, 지루할 것 같다는 생각도 들고요. 코로나19 이후로는 외식도 거의 안 하고 곧바로 귀가하는 날이 늘었는데 요즘은 매일 아내가 작업실 앞까지 차로 데리러 옵니다. 그 후 회사에서 퇴근한 딸까지 합류해 가족 모두가 함께 집에 가죠. 딱히 재미있을 것도 없지만, 왠지 조금 즐겁습니다. 이런 일이 즐겁게 느껴지는 건 이제 3명이 함께 어디에 가는 일이 흔치 않아서겠지요. 가족이 다 같이 외출하는 건 가끔 일요일에 라멘을 먹으러 갈 때 정도 아닐까요?

어찌 됐든, 제 인생에 즐거운 일은 점점 줄고 있습니다. 즐거운 일이 없어도 아무렇지 않게 살아갈 수 있는 게 어른이라면 '나도 이제 어른이 됐나 보다' 생각하곤 합니다. 얼마 안 가 지겨워질지도 모르지만, 그건 그때 가서 다른 방법을 생각해봐야겠죠.

이랑 씨는 집을 사고 싶어 하는군요. 한국에 갔을 때 그곳에 살던 일본인이 서울에서 집을 짓는 건 이제는 불가능하다는 이야기를 했었는데, 맨션을 살 생각인가요? 아마도 대출을 받아야 할 텐데…… 제 친구는 인생에 3번의 큰 전환점이 있었다고 하더군요. 첫 번째가 결혼할 때, 두 번째가 아이가 태어났을 때, 세 번째가 집을 지었을 때였다고요. 사실 그 친구는 이 세 가지를 한 방에 해결한 녀석이었는데 말이죠.

langlee
너무 친한 동갑 친구가 어제 죽었습니다.
그래서 원래 쓰고 있던 원고 말고,
새로운 글을 써서 보내면 좋겠다고 생각했습니다.
시간이 더 걸릴 것 같으니 여유 있게 기다려주세요.

LINE일본어통역
とても親しい同い年の友達が昨日、死にました。
それで、本来使っていた原稿はなく、新たな文を書いて送ればいいと思いました。時間がかかる予定ですので、余裕を持って待ってください。

오후 08:51

ミック
病気だったお友達ですか？
それはたいへんでしたね。こちらはいつまででも待ちますので気がすむまで書いてください。

LINE일본어통역
아팠던 친구입니까? 그것은 힘들었죠.
이쪽은 언제까지나 기다릴 테니
마음이 풀릴 때까지 쓰세요.

오전 01:03

langlee
고맙습니다.

LINE일본어통역
どうも。

오후 12:24

langlee
작년에 암 진단을 받은 친한 친구예요.

LINE일본어통역
昨年にガンの診断を受けた親しい友達です

오후 12:24

ミック
まだ若い方なのに残念でしたね。
それなら私も２本書くので大丈夫です。
書きたいことを書いてください。

LINE일본어통역
아직 젊은 분인데 안됐어요.
그렇다면 나도 2개 쓰니까 괜찮아요.
쓰고 싶은 것을 쓰세요.

오후 12:28

2020.08.10 (월)

ミック
ランさん、この前はちどりっていう映画をみました。

LINE일본어통역
랑 씨 전 하치도리(벌새)라는 영화를 보았습니다.

오후 08:17

ミック
ランさんも見ましたか？

LINE일본어통역
랑 씨도 봤나요?

오후 08:18

langlee
물론입니다!!!!!

LINE일본어통역
もちろんです!!!!!

오후 08:18

langlee
너무 좋아합니다.

LINE일본어통역
とても好きです

오후 08:18

langlee
서울에서 큰 다리가 붕괴하는 사건은
한국인에게 큰 트라우마였기 때문에,
무척 공감이 되는 부분이 많았지만
일본인은 어떻게 보았을지 궁금합니다.

LINE일본어통역
ソウルで大きな橋が崩壊する事件は
韓国人に大きなトラウマであったために、
とても共感になる部分が多かったが、
日本人はどう見たかも知りたいです。

오후 08:19

ミック
私は昔の日本人と同じだと思いました。
それだけ普遍的な映画でした。

LINE일본어통역
나는 옛 일본인과 같다고 생각했다.
그만큼 보편적인 영화였습니다.

오후 08:20

노인이 되어서도 글을 쓰고 싶어요

이가라시 상에게 보내는 일곱 번째 편지 02

오늘은 TV에서 미국 대통령 선거 개표 방송만 종일 나왔습니다(아직 결과는 나오지 않았어요). 밥을 차려놓고 무엇을 볼까 하고 채널을 돌리다, 나오는 게 온통 미국 대선 뉴스뿐인지라 그냥 뉴스를 보면서 밥을 먹었습니다. 미국은 선거 방식이 한국과 무척 다르고 '선거인단'이라는 제도가 있더군요. 미국의 선거제도를 정리한 글을 읽으면서 조금 공부했습니다.

미국 대선과 관련해 9월에 1950년대 미국의 저항 시인 앨런 긴즈버그 재단에서 곡 작업 의뢰를 받았습니다. 앨런 긴즈버그의 시로 노래를 한 곡 만들어달라고 하더군요. 마감이 무척 빠듯해서 작업 스트레스가 심했습니다. 여러 나라의 다양한 뮤지션들이 앨런 긴즈버그의 시로 곡을 만들어 보내면 그 결과물을 미국 대선 전에 발표한다고 들었는데요, 아직 아무 소식이 없는 걸 보니…… 프로젝트가 망한 걸까요.

저는 이 작업을 제안받기 전엔 앨런 긴즈버그라는 시인을 몰랐습니다. 그래서 그를 주인공으로 한 영화를 몇 개 찾아보았지요. 저는 궁금한 게 있으면 책보다는 영화를 보면서 공부합니다. 올해 초부터는 주식 등 금융 생태계에 관심이 많았기 때문에 경제 관련 영화들을 많이 찾아보았어요. 코로나가 시작된 이후 지금까지는 꾸준히 재난 영화들을 보고 있습니다. 재난 시 사람들은 어떻게 살아남고, 어떤 선택들을 하는지 궁금하거든요.

아무튼 앨런 긴즈버그가 출연하는(정확히 말하면 앨런 긴즈버그를 연기하는 배우가 출연하는) 영화를 몇 편 찾아본 뒤, 시를 몇 개 읽고 곡 만들기에 착수했습니다. 한국에 번역된 앨런 긴즈버그 시집은 두 권뿐인데, 재단에서 의뢰한 시집은 아직 번역되지 않았기 때문에 시 한 편을 골라 번역을 맡겼습니다. 시를 고르고 번역하고, 번역된 시에 멜로디를 붙여 구성하고, 데모 음원을 만들고, 첼로 연주자와 함께 본 녹음을 하고, 믹싱하기까지 계속 마감 시간에 쫓겼습니다. 지금 완성된 곡을 들어봐도 '허겁지겁' 노래한 느낌이 나서 조금 속상합니다(메일에 음원을 첨부해서 보낼 테니 한번 들어보세요).

엊그제는 나고야에 보낼 노래를 녹음했습니다. 작년(2019년)에 공연으로 참가했던 '어셈블리지 나고야'라는 지역 페스티벌에서 의뢰한 일입니다. 올해도 직접 가서 공연하고 싶었지만 코로나로 이동할 수 없는 상황이기에, 나고야의 뮤지션 테라이 쇼타 상과 메일로 멜로디를 주고받으며 한 곡의 노래를 함께 만들었습니다.

나고야의 쇼타 상은 작년에 서울을 방문했습니다. 그때 함께 공연도 하고, 마작도 하고, 찜질방에도 갔던 기억이 납니다. 100도가 넘는 뜨거운 찜질방 안에서 땀을 뻘뻘 흘리며 같이 이상한 노래를 즉흥으로 만들어 부르기도 했습니다. 그리고 제가 쓰는 공동 작업실에 쇼타 상을 초대해 작업실 멤버들과 같이 마작을 했습니다. 한국어를 모르는 쇼타 상과 일본어를 모르는 작업실 멤버들이 함께 마작을 하는 장면은 흥미진진했습니다. '치, 펑, 깡, 리치, 쯔모' 같은 마작 용어의 발음은 조금 달랐지만 서로 알아들을 수 있는 정도였기에 함께 게임을 하는 데 큰 문제가 없었습니다. 작업실 멤버들은 리치 마작의 본토, 일본에서 온 쇼타 상과 함께 마작을 하는 내내 들떠 있었고요. 그날 쇼타 상과 함께한 마작은 제가 1등을 했습니다. 하핫.

엊그제 녹음한 나고야에 보내는 곡의 가사는 이렇게 시작합니다.

언젠가 나는 여기서 모두와 마작을 했었지

(いつか私はここでみんなと麻雀してたよね)

작년의 나는 항구에서 노래를 했었지

(去年の私は港で歌ったよね)

사람들은 왜 게임을 만들고 나를 외롭게 만드는 걸까

(人々はなんでゲームを作って私を寂しくさせるんだろう)

사람들은 왜 예정을 만들고 나를 외롭게 만드는 걸까

(人々はなんで予定を作って私を寂しくさせるんだろう)

중간 가사는 비밀로 남겨두고, 노래 마지막 부분은 이렇습니다.

무언가가 변하고, 전부 없어져버려도, 나는 여기에 있어

(何かが変わって, 全部なくなっても, 私はここにいるよ)

꽤 서글픈 느낌의 노래를 만든 것 같아요. 7분 정도의 곡인데 제가 반을 만들어 보냈으니, 나머지를 쇼타 상이 어떤 노랫말로 채울지 흥미진진 기대가 됩니다. 그러고 보니 이런 곡 작업도 마치 편지를 주고받는 것 같네요. 노래

로 계속 편지를 주고받아도 재미있을 것 같아요. 이가라시 상, 한번 노래로 편지를 써보실래요?

　이번에 보내주신 편지에서 새 연재작 '사람의 일생을 그리자' 이야기를 듣고 무척 흥분했습니다. 『인간 임종 도권』이라는 책을 알게 된 것도 너무 기쁩니다. 몇 년 전부터 제가 만들고 싶은 얘기 중에 엑스트라 시리즈가 있는데요, 영화에 나와서 한 3초 만에 죽거나 사라지는 엑스트라의 일생을 돌아보는 게 내용입니다.

　영화 「007」 시리즈에서 제임스 본드가 누군가를 구출하기 위해 어느 빌딩에 잠입한 뒤, 굳게 닫힌 문을 지키던 경호원 한 명의 목을 획– 꺾어버리는 장면을 상상해보세요. 문 앞을 지키고 서 있다가 주인공에게 목이 꺾여 쓰러지는 모습이 전부이지만, 영화에 나오는 3초 외에 그 경호원이 어떤 삶을 살고 있었을지 궁금하더라고요. 이를테면 (너무 길어지니 어린 시절은 생략할게요) 그는 국가대표 레슬링 선수가 될 걸 희망했지만 애매한 성적으로 체육대학을 간신히 졸업한 사람입니다. 졸업한 뒤 일자리를 찾던 그는 선배가 운영하는 운동센터에서 강사로 일하게 됩니다. 하지만 월급이 그리 많지 않아 아르바이트를 찾던 그는 야간 경호원 일자리를 발견했지요. 그는 저처럼 집을 사고 싶었던 걸 수도 있습니다. 조금 덜 자더라도 빨리 돈을 모으고 싶었던 거겠죠.

체육대학과 운동센터에서 일할 때는 항상 운동복만 입었는데, 경호원 일에는 정장이 필수였지요. 첫 출근을 하기 전, 그는 적당한 가격의 정장을 찾기 위해 몇 주 동안 상점과 인터넷 쇼핑몰을 헤맸습니다. 첫 출근 날, 새 정장을 입고 귀에 이어폰을 꽂고 거울 앞에 선 그는 자기 모습에 썩 만족했습니다. 업무는 간단했죠. 밤 9시부터 새벽 2시까지 어느 문 앞을 지키고 서 있으면 됐습니다. 무섭게만 보이던 선배들 중에는 같은 체육대학 출신도 있었기에, 앞으로 일하면서 도움받을 수 있을 거라는 기대도 생겼습니다. 경호 일은 비밀 엄수가 중요해 어디서 일을 하는지 공공연하게 알리면 안 되기에, 그는 거울 앞에 선 자기 모습을 찍으려다 말고 핸드폰을 주머니에 넣습니다. 업무 시작에 앞서 간단히 몸도 풀고 몇 가지 호신술 동작도 해본 뒤, 오늘 하루 자신이 지킬 문 앞을 향해 성큼성큼 걸어갑니다. 자리를 잡고 선 지 몇 분이나 지났을까요. 조용한 로비

한구석에서 쉭- 인기척이 들린 것 같아 몸을 돌리려던 찰나, 우두둑. 누군가에게 목이 꺾이고 그는 그 자리에 쓰러집니다.

영화에서 이렇게 사라지는 사람들이 너무 많아요. 특히 할리우드 영화에서는 주인공 한 명의 목표를 위해 수많은 엑스트라들이 희생됩니다. 언젠가 한 미국 드라마에서 몇 명의 엑스트라가 주인공에게 희생되는지를 기록한 웹사이트를 찾은 적이 있어요. 기록에는 드라마 주인공이 총 8일 동안 267명을 죽였다고 하네요. 웹사이트에는 드라마 몇 분 몇 초에 누가 어떤 방법으로 주인공에게 희생되는지가 장면 사진과 함께 기록돼 있어요. 희생자에게 역할 이름이 있을 때도 있지만 총을 든 남자 1, 군인 1, 경호원 1, 이렇게 적힌 사람들도 많습니다. 전 그렇게 1, 2, 3으로 번호 매겨진 사람들의 삶이 궁금하고요.

엄마, 아빠로 이름 붙여진 사람들도 마찬가지인 것 같아요. 어떻게 하면 그들의 삶을 더 잘 상상하고 공감할 수 있을까요? 제게도 여전히 숙제로 남아 있습니다. 저는 엄마와 아빠가 서로를 좋아하던, 혹은 사랑하던 시기가 있었다는 게 어릴 때부터 상상이 잘 안 됐어요. 그래서 자주 엄마에게 질문했습니다. 언제 어디서 아빠를 만났고, 왜 좋아하게 됐는지요. 그리고 아빠를 만나기 전에 다른 사람을 만난 적이 있는지도요.

언젠가 엄마가 대학생 때 소개팅했던 이야기를 해준 적이 있습니다. 그때 엄마는 '비엔나커피'를 주문했대요. 엄마의 설명으로는 커피 위에 아이스크림이 올라가는 거라고 하더군요. 그때 저는 커피를 마셔본 적이 없었기에 뜨거운 커피와 차가운 아이스크림이 어떻게 컵 안에서 어울릴지 상상이 안 됐습니다. 저는 커피를 마시기 시작한 뒤 줄곧 아이스라테만 먹는 사람이었기에 엄마가 설명한 비엔나커피는 기억 어딘가에 묻어두고 잊고 있었습니다.

한참이 지나 제가 대학생이 되어 이창동 선생님 수업을 들은 어느 날입니다. 수업이 끝난 후 여느 때처럼 다 같이 학생 식당에서 밥을 먹었고, 밥을 먹은 뒤 저는 선생님께 "커피 사주세요" 하고 졸랐습니다. 그때 선생님 대답은 "학교에 카페가 있어?"였는데요, 그 대답이 너무 웃겨서 "왜 학교에 카페가 있는 걸 모르세요?" 하고 물었더니 "아무도 나한테 커피를 마시자고 안 해서"라고 대답하시더군요. 명감독은 외로운 직업인가 봅니다.

아무튼 그날 학교 카페의 존재를 처음 알게 된 선생님과 카페에 가서 저는 아이스라테를 주문했습니다. 선생님은 한참 메뉴를 들여다보더니 비엔나커피를 고르시더군요. 그때 갑자기 엄마가 20대 때 소개팅 자리에서 비엔나커피를 마셨다는 이야기가 떠올랐습니다. 비엔나커피는 엄마나 이창동 선생님의 청춘을 대표하는 커피였던 걸까요? 이가라시 상은 20대 때 어떤 커피를 마셨는지 궁금하네요. 혹시 일본에서도 당시에 비엔나커피가 유행했었다면……
이건 너무 재미있는 얘기가 될 것 같아요.

편지가 점점 길어져서 죄송합니다.

얼마 전, 대학교 선배를 10년 만에 다시 만났습니다. 제가 보험 설계사 자격증을 취득했다는 걸 알게 된 선배가 자기 가족들의 보험을 부탁한다며 연락해왔어요. 촬영 전공이었던 선배는 어느새 예술대학 교수가 되었더군요. 그날은 교수가 된 선배와 영화 프로듀서인 선배의 배우자를 함께 만나는 날이었습니다. 약속 장소였던 영화 제작사에 너무 일찍 도착해서 건물 안 야외 흡연 장소를 찾아 잠시 앉아 있었습니다. 날씨가 무척 좋았고 야외 흡연 장소에는 영화 얘기로 바쁜 사람들이 삼삼오오 앉아 있었습니다. 문득 영화과 대학 시절이 떠올랐어요. 그때도 이렇게 담배 피우며 영화 이야기를 잔뜩 나누곤 했지요.

저는 그 주 월요일엔 미술관에서 공연을 했고, 화요일엔 작곡 수업을 했고, 수요일엔 나고야 페스티벌에 보낼 노래를 만들었고, 목요일에는 또 다른 수업을 했습니다. 금요일이었던 그날은 선배의 보험 상담을 한 뒤, 얼마 전에 발표한 에세이집 『좋아서 하는 일에도 돈은 필요합니다』(창비, 2020) 북 토크를 하러 이동해야 했습니다. 흡연실에 앉아 햇빛을 쬐면서 '이렇게 사는 사람도 있을까?' 하는 생각을 했습니다.

그 주가 유난히 이동이 많고 일의 종류가 들쭉날쭉했던 탓일까요. 오늘처럼 이렇게 자리에 오래 앉아 글을 쓰다 보면 그동안 글로 쓰고 싶었던 이야기들, 영화로 만들고 싶은 얘기들이 잔뜩 생각납니다. 지금도 그렇지만, 노인이 되어서도 계속 글을 쓰고 싶어요.

추신: 앨런 긴즈버그 프로젝트는 다행히 2021년 2월에 공개하는 것으로 결정됐습니다!

제가 생각하는 3대 스트레스는

첫 번째가 돈, 두 번째가 병, 세 번째가 마감이에요

미국 대선은 결국 바이든의 승리로 끝났네요. 아직 트럼프는 공식적으로 패배를 인정하지 않은 모양이지만요. 그야말로 전 세계가 트럼프의 무모함에 휘둘리던 4년이었습니다. 의식의 흐름대로 트윗을 하고, 마음에 안 드는 사람은 잘라버리고, 남의 의견은 통 듣지 않는 데다가, 머리는 금빛으로 물들이고, 얼굴에 주황 칠을 하질 않나, 새하얀 치아를 드러내며 "페이크, 페이크"를 외쳐대지를 않나, 자기가 지면 사기라고 우기고, 데모하는 지지자들을 뚫고 손을 흔들며 골프나 치러 다니는 인간에게 7천만 명이나 표를 던졌다니 참 대단해요. 트럼프가 대단한 건지, 미국이 대단한 건지…… 트럼프를 만든 건 미국이니, 역시 미국이 문제겠지요. 얼마 전 론 하워드 감독의 영화 「힐빌리의 노래」(2020)를 봤습니다. 미국 시골에 사는 빈곤층 이야기였는데 트럼프를 지지하는 건 저런 사람들이겠구나 하는 생각이 들더군요. 다들 자본주의와 민주주의, 소비사회에 절망하고 있는 것 같았습니다.

그 영화를 보기 전에 데이비드 그레이버의 책 『불쉿 잡』(민음사, 2021)을 읽었는데요, 전 세계 사람들이 자신이 경험

한 '불쉿 잡(bullshit job)'을 적나라하게 보고한 내용이 담겨 있었어요. 일본어판에는 '개뿔 어떻게 되든 상관없는 일의 이론'이라는 부제*가 붙었는데요, 개뿔 어떻게 되든 상관없는 일을 만들어낸 것은 틀림없이 자본주의와 민주주의, 소비사회라고 생각합니다. 과연 '그렇지 않은 사회나 체제가 존재하긴 하는가?'라는 질문에 문화인류학자인 데이비드 그레이버는 '있다'라고 딱 잘라 말했습니다. 이 책을 쓴 건 더 나은 사회를 만들기 위해서가 아니라 저자 본인이 아나키스트이기 때문이라는 주장에, 왠지 모르게 감동했습니다. 스스로 아나키스트임을 선언한 사람을 참 오랜만에 봤거든요.

그의 다른 책도 읽고 싶어서 서점에 갔더니 데이비드 그레이버의 코너가 별도로 마련되어 있었습니다. '이렇게까지 잘나가는 작가였어?'라고 생각했는데 '추모'라는 글자가 눈에 들어와 깜짝 놀랐습니다. 제가 『불쉿 잡』을 읽고 있던 시기에 작가가 59세로 이탈리아에서 객사했다니요.

* 2021년 8월에 출간된 한국어판 부제는 '왜 무의미한 일자리가 계속 유지되는가?'이다. ─옮긴이 주

충격에 휩싸인 채 그가 남긴 책들을 전부 사 왔습니다.

가끔 사회관계에 대한 질문을 받는 일이 있는데요, 그럴 때마다 전 말이 시원스레 나오지 않아 머뭇거리곤 합니다. 저에게 사회란 대치의 대상으로, 사회를 위해 뭔가 해야겠다는 생각을 가져본 적이 없습니다. 제 위치를 생각해보면 그저 사회 주변에 있으면서 그곳을 드나드는 이미지인데요, 그렇게 말했더니 어떤 사람이 "제일 좋은 포지션이네요"라고 하더군요. 아무래도 비꼬아서 한 말 같았지만요.

얼마 전에 봤던 영화 「시인의 사랑」(김양희 감독, 2017)에서 주연을 맡은 양익준이 '시인은 대신 울어주는 사람이다'라고 말하는 장면이 있었습니다. 그렇게 치면 난 '대신 한탄해주는 사람'이 아닐까 하고 멋대로 생각했었는데요, 어쩌면 정말 제일 좋은 포지션일지도 모르겠네요.

아, 그래요. 앨런 긴즈버그. 긴즈버그는 저희 세대의 아이콘이죠. 말만 이렇게 할 뿐, 전 그의 시를 한 편도 모르는 인간이지만요.

지금 미국의 '양심'이라는 말을 듣는 사람이 있다면 버락 오바마 정도가 아닐까 싶은데요, 베트남전쟁이 일어났을 즈음에는 긴즈버그도 '양심'을 가진 한 사람이었다고 생각합니다. 하지만 곡을 만들어달라고 해놓고 연락 한 번이 없다니, 재난 같은 일이네요. 마감에 쫓기면서 이랑 씨가 만들어 보내준 곡을 들었는데 노래가 아주 좋더라고요. 이랑 씨의 목소리가 이랑 씨 노래에 잘 어울린다고 하면 말이 좀 이상하지만, 이 곡이 묻히는 건 너무 아까우니 다음 앨범에라도 꼭 넣어줬으면 좋겠습니다.

정말이지 마감이라는 건 비정합니다. 제가 생각하는 3대 스트레스는 첫 번째가 돈, 두 번째가 병, 세 번째가 마감이에요. 일본의 만화가는 화가나 소설가보다 훨씬 수명이 짧다는데, 아마 마감이 원인일 겁니다.

이랑 씨의 소설집 『오리 이름 정하기』(위즈덤하우스, 2019)를 읽었습니다. 역시 이랑 씨는 글재주가 있어요. 하나같이 다 재미있었지만 「증여론」은 만화로 만들어도 재미있을 것 같습니다. 앞으로도 꾸준히 소설을 썼으면 좋겠어요.

저의 다음 신작 『인간 일생 도권』과 관련해 이랑 씨가 해준 보디가드 이야기, 재미있네요. 맞아요. 전 그런 걸 그리고 싶습니다. 『인간 임종 도권』은 위인이나 유명인, 역사에 이름을 남긴 사람들의 임종을 그렸지만, 저는 무명 인물, 아무도 기억하지 않는 사람의 일생을 그릴 생각입니다. 곧 첫 번째 마감일이 다가오네요. 요즘 잠도 잘 못 자고, 아침에도 일찍 눈이 떠집니다. 새로운 연재가 시작되기 전에는 종종 이런 일을 겪는데, 역시 마감은 인간의 수명을 단축시키는 존재인 걸까요?

비엔나커피에 얽힌 어머님과 이창동 감독의 에피소드, 참 좋네요. 일본에도 아직 비엔나커피를 파는 가게가 있을 거예요. 예전에 몇 번 마셔본 적이 있습니다. 그야말로 20대쯤이었는데 일본의 비엔나커피는 따뜻한 커피 위에 차가운 크림이랄까, 휘핑이 올라가 있었습니다. 그 크림을 커피에 녹여 먹어도 되고, 그대로 마신 다음 입 주변에 하얀 수염처럼 묻은 크림을 혀로 살짝 핥아도 됩니다. 맛도 모양새도 스타벅스의 카페모카와 비슷한 듯해요.

제가 좋아하는 커피는 '네스카페'입니다. 하루에 커피를 네 잔 정도 마시는데, 그중 세 잔이 인스턴트커피죠. 어릴 때 제일 처음 마신 커피가 네스카페였기 때문일 텐데, 아마 처음 마셨을 때 '커피란 맛있는 거구나' 하고 느꼈던 모양이에요. 어른이 되고 유명한 카페에도 가봤지만, 딱히 제 마음에 쏙 드는 커피를 찾지 못했습니다. 블루 마운틴을 마셨을 때는 '이게 블루 마운틴인가' 싶다가, 모카를 마시면 '이게 좀 더 내 취향이네' 했다가, 브라질 커피를 마시고는 '이건 쌉쌀한 맛이 좋네' 할 뿐, 그걸로 끝이었죠. 그리고 언젠가부터 카페에 가면 아이스커피만 시키게 되었습니다. 여름이든 겨울이든 아이스로요. 이랑 씨의 아이스라테도 비슷한 거겠지요. 나이 탓인지, 요즘에는 날이 추우면 카페오레를 시키기도 합니다만.

이랑 씨랑 마작을 하면 즐겁겠네요. 그러고 보니 일본에서 만났을 때도 마작 이야기를 했군요. 이번에 만나면 같이 마작 한 판 하죠. 『보노보노』를 출판하는 '다케쇼보'는 마작 책과 만화로 유명한 출판사입니다. 막 데뷔한 저에게 마작을 주제로 네 컷 만화를 그리라고 제안한 적도 있었지요. 당시에는 마작을 해본 적이 없어서 억지로 배웠어요. 억지로 배운 사람답지 않게 마작에 푹 빠져서 그때부터 매주 토요일 밤을 '마작 나이트'로 정하고 당연하다는 듯 밤샘을 하곤 했습니다. 작업하면서 밤을 새운 적은 한 번도 없는 만화가 주제에, 마작을 할 때는 수없이 밤새웠죠. 한 번은 연휴 기간에 이틀 연속 밤을 새운 적이 있었는데, 다들 나사가 풀린 상태로 누구 하나가 시답지 않은 말장난을 던지면, 웃기지도 않은 그 말에 웃음이 멈추질 않아 모두 거의 울면서 웃어댔던 기억이 있습니다.

제 청춘을 마작과 함께 보냈다고도 할 수 있겠네요. 그 다음은 밴드일까요? 마작 친구들과 3년 정도 밴드를 같이 했습니다. 록으로 시작해서 펑크로 갔다가, 마지막에 프리 재즈까지 하고는 더 이상 할 것이 없어 해산했습니다. 밴드 이름은 '말[馬]의 뼈'였어요.

이 편지를 노래로 써도 재미있겠네요. 펑크를 할 때는 직접 쓴 가사에 곡을 붙이기도 했어요. 몇 년 전쯤 지인이 놀러왔을 때 밴드 시절에 썼던 기타 케이스를 열어봤더니, 그때 쓰던 기타 악보에 가사가 적혀 있었어요. 갑자기 지인이 그걸 큰 소리로 읽어대는 바람에 말도 못하게 창피했습니다.

노래든 글이든, 자신의 이야기를 한다는 건 스포츠의 즐거움과 닮아 있는 것 같습니다. 스포츠를 통해 자기 몸에

익은 움직임과 기술을 선보이며 즐거움을 느끼듯, 글을 쓸 때도 자신의 기술에 기대어 무언가를 떠올리고, 추(追)체험하면서 새로운 자신을 발견하지요. 이번 편지 역시 즐겁게 썼습니다.

훔치는 건 자유로운 행동에 포함될까요

지난 편지를 읽고 데이비드 그레이버 책 세 권을 주문했습니다. 그동안 그의 책을 제대로 읽어본 적은 없고 몇 가지 유명한 문구로만 기억하고 있었습니다. 그중 하나는 이 문장입니다.

Direct action is, ultimately, the defiant insistence on acting as if one is already free.

'직접 행동'이란 현존하는 사회 내에 대안적인 세계가 이미 존재하는 것처럼(이미 자유로운 것처럼) 행동하는 실천을 의미한다고 합니다. 이미 자유로운 것처럼 행동하는 건 어떤 걸까요? 이 말을 들었을 때는 무척 자유로워지는 기분이었는데, 실제로 어떤 행동으로 그걸 표현할 수 있을까 상상하니 어렵게 느껴집니다.

지금은 주식도 있고 저금도 있고 보험도 있지만, 20대 때는 내내 돈이 없었습니다. 갖고 싶은 건 많이 있었지요. 읽고 싶은 책, 갖고 싶은 옷, 먹고 싶은 것들이 너무 많아 그걸 노래로 만들기도 했습니다(1집 앨범에 「먹고 싶다」라는 노래가 있습니다).

돈이 없으면 아무것도 가질 수 없는 걸까요?

가질 수 없는 게 많아 고민하던 저에게 한 친구가 "그렇게 괴로워할 시간에 훔쳐서 가지면 된다"라고 간단히 말하더군요. 훔치는 건 '이미 자유로운 행동'에 포함될까요?

대학생 때 버려진 학교 건물을 스콰팅(squatting)한 적이 있습니다. 빈 건물에 들어가 열쇠를 바꾸고 공간을 점거했습니다. 졸업해서 학교 작업실을 쓸 수 없는 선배들이나 동네 예술인들, 활동가 친구들이 모여들어 공간 여기저기에 흩어져서 작업하거나 놀던 기억이 납니다. 곧 학교에서 이 사실을 알게 돼 건물 리모델링을 이유로 모두를 쫓아냈지만, 몇 개월간 그곳에서 재미나게 지냈습니다. 그때 스콰팅 멤버 중에 해커가 한 명 있었는데요, 하루 종일 컴퓨터 앞에 앉아 있는 과묵한 그에게 저의 대학교 웹사이트에 들어가 (아직 안 낸) 학비를 낸 것처럼 꾸며줄 수 없겠냐고 부탁했습니다. 그는 몇 번이고 안 된다고 단호하게 거절하더군요. 그때 전 '그런 것도 안 해주면서 무슨 해커냐'고 생각했지만 아마 그에겐 나름의 지켜야 하는 선이 있었겠지요.

해커의 도움을 받지 못한 저는 학교를 다니는 내내 학자금 대출을 받았고, 생활비 대출까지 받아 더욱 버거워진 전체 대출금을 2019년에 겨우 다 갚았습니다. 처음 대출을 받은 2006년부터 다 갚는 데까지 총 13년이 걸렸네요.

학자금 대출을 갚은 뒤 너무 기뻐서 가족들에게 이야기하니, 언니는 "이제 전세 대출을 받을 차례군"이라고 무덤덤하게 말하더군요. 그 말을 듣고 저는 바로 전세 대출을 받았습니다.

전세 제도는 전 세계에서 유일하게 한국에만 있습니다. 보통은 집을 사거나 월세를 내고 집을 빌리잖아요. 전세는 집을 사는 것보다는 싸게, 하지만 월세보다는 훨씬 비싼 돈을 한꺼번에 내고 집을 빌리는 겁니다. 그 돈은 빌린 기간(보통 2년)이 끝나면 그대로 돌려받습니다. 집주인은 목돈을 가지고 있는 동안 이자를 받거나 어딘가 투자해서 돈을 불리겠지요.

목돈이 있다면 월세 대신 전셋집을 빌려, 사는 동안 따로 돈을 내지 않고 거주할 수 있지만 대부분 서울 전세 가격은 굉장히 비싸고 그런 큰돈을 갖고 있는 사람은 별로 없어요. 그래서 수많은 전세 대출 상품으로 전세금을 빌려

집을 구합니다. 저금리 대출 상품을 잘 찾으면 매달 5~60만 원씩 월세를 내는 것보다 훨씬 저렴하게 이자를 내면서 살 수 있지요. 저는 일정 소득 이하임을 증명하고 정부에서 운영하는 금리가 낮은 '버팀목 전세 대출'을 받았습니다. 제가 지금 살고 있는 전셋집 가격은 1억 5천만 원입니다. 이자는 매달 20만 원 정도 내고 있어요. 자유롭게 행동하는 이야기를 하려고 했는데, 계속 돈 얘기만 하네요. 자본주의 사회에 살고 있어서 그런가 봅니다.

　제가 좋아하는 일본 드라마 「아노네」(2018)와 스페인 드라마 「종이의 집」(2017)은 제작한 국가는 다르지만, 신기하게도 같은 주제를 다룹니다. 「아노네」는 각기 다른 이유로 인쇄소였던 공간에 모이게 된 사람들이 위조지폐를 만드는 이야기이고, 「종이의 집」 역시 각각 다른 이유로 조폐국에 침입해 인질극을 벌이며 시간을 끄는 동안 훔칠 돈을 인쇄해서 가지고 나가는 이야기입니다. 이 두 드라마에 나오는 중요한 인물은 극중에서 비슷한 대사를 합니다.

　"이건 그림이 그려진 종이일 뿐이야. 그런데 이 세상에서 누구는 가질 수 있고 누구는 가질 수 없는 게 이상하지 않아?"

저도 『오리 이름 정하기』에서 돈에 관한 단편소설(「너의 모든 움직임을 인지하라」)을 썼습니다. 주인공 세나는 김석을 만나 그가 강박적으로 외우고 있는 돈과 숫자의 굴레에서 벗어나게 도와주겠다며, 그의 모든 자산을 자기에게 넘기라고 하지요. 그게 김석의 돈을 뺏기 위한 '사기'였는지, 아니면 정말 큰 깨달음을 주기 위한 '선의'였는지는 독자 스스로가 자유롭게 판단할 수 있게 쓰려고 했습니다. 그 단편소설을 어떻게 읽으셨는지 궁금해요.

저는 가계부를 정말 열심히 씁니다. 해를 거듭할수록 가계부의 카테고리가 점점 정교해지고 지난해 쓰던 가계부의 허술한 점을 찾아 계속 업그레이드합니다. 가계부를 월 단위, 연 단위로 살펴보면 일기장처럼 제가 어떤 하루, 어떤 한 해를 보냈는지 파악할 수 있는 게 재미있습니다.
제 친구 중 하나는 매일 자신이 입은 옷 사진을 찍고 '패션 일기'를 씁니다. 그러고 보니 이창동 선생님의 마지막 수업에서 '영화를 만들 수 있는 비법'으로 일기를 쓰라는 얘기를 들었네요. 내가 살고 있는 매일의 거리와 공간과 만난 사람을 통해 내가 어떤 사회를 사는지 보고, 기억하고, 다시 이야기하는 방법으로 일기를 쓰라고 했던 것 같습니다. 그 얘기가 유독 기억나는 이유는 그때 제가 매일 일기를 쓰고 있었기 때문입니다. 그 말을 듣고 "역시, 나는 영화인의 자질이 있는 사람이었어!" 하며 무척 기뻐했습니다. 지금은 일기 대신 가계부를 더 열심히 쓰는데 말이죠.

일기 쓰는 시간이 점점 없어지고, 마감하는 데 대부분 시간을 다 씁니다. 이가라시 상에게 편지를 쓰는 시간은 무척 기쁘고 지금부터 10년, 20년이라도 계속할 수 있을 것 같지만 이 편지에도 마감은 있고요, 역시 '일'이기 때문에 '일기'를 쓰는 기분과는 다릅니다(한국어로 일과 일기는 첫 글자가 같아서 재미있어요. 일본어로는 전혀 다르지만요).

이가라시 상 편지에 마감 이야기가 있었지요. 저도 마감 스트레스와 긴장이 큰 사람이라 마감 날과 별개로 마감을 준비하는 날을 따로 정해둡니다. 예를 들어 1월 30일이 마감이면, 그때 완성한 원고를 보내기 위해 원고를 마무리하는 날을 1월 20일 정도로 잡아둡니다. 그렇게 20일에 원고를 완성하면 마감 전에 미리 원고를 보내서 수정할 시간을 더 가지고, 수정이 없으면 마감을 일찍 끝낸 행복한 사람이 됩니다. 이렇게 성실하게 마감을 하는 편인데도 절대적인 일의 수가 늘어나니 때때로 마감을 지키지 못하는 상황도 생깁니다. 특히 단행본 마감은 잘 지킬 수가 없어요. 항상 주간, 월간 연재를 우선하기 때문에 단행본 마감은 자꾸 뒤로 미뤄집니다. 이가라시 상도 큰 약속을 지키지 못한 경험이 있는지 궁금하네요.

지난 편지 마지막에 스포츠 이야기를 읽고 생각난 게 있습니다. 대학에서 영화를 공부해야 할지 말지 고민하던 중, 그림책 작가가 되고 싶다는 생각을 갖고 애니메이션과 수업을 몇 년 동안 들었습니다. 그때 그림책 선생님은 학생들에게 '서예'와 '무용'을 필수로 배우라고 조언했습니다. 그림은 책상에 가만히 앉아 손으로만 그리는 게 아니라 온몸을 써서 하는 것이기에 온몸을 쓰고 움직이는 '무용'을 배우고, 신체와 정신을 집중해 붓 끝으로 표현하는 '서예'도 함께 배워봐야 한다고요.

저희는 이 편지로 스포츠 게임을 한다고 봐도 무방할 것 같습니다. 이번 게임도 굿 게임이었어요. 굿 게임은 줄여서 GG라고 하더군요. 이가라시 상, GG!!

여차하면 다들 도망가

이랑 씨에게 보내는 여덟 번째 편지

2021년 연초부터 일이 많아 여덟 번째 편지가 늦어졌어요. 미안합니다.

이랑 씨도 단행본 작업이 있으면 바빠진다던데 저도 『보노보노』 46권의 작업과 마감 시기가 겹쳐버렸어요. 『보노보노』 단행본 아래쪽 홀수 페이지와 짝수 페이지에 각각 다른 플립 북 애니메이션이 들어가는데, 매번 손이 아주 많이 가서 마치 애니메이터가 된 기분이에요. 표지와 다른 컬러 원고들까지 그리다 보면 이 일에만 꼬박 일주일을 매달리게 되는데, 이번부터 플립 북 애니메이션을 포함한 모든 작업을 디지털로 하겠다고 선언까지 해버렸으니까요. 스스로 발등을 찍은 꼴이 되어 어지간히 고생했습니다.

단행본 46권의 작업을 했다는 건 다시 말해 이런 일을 마흔여섯 번이나 반복해왔다는 뜻인데요, 『보노보노』의 연재를 시작한 지도 올해로 35년째가 되어 이를 기념할 만한 무언가를 계획 중입니다.

이랑 씨도 마감일에서 거꾸로 날짜를 계산해 일을 시작한다면서요? 저도 그렇습니다. 하루 이틀 여유가 생겨도 웬만해선 쉬지 않고 아직 기한이 남아 있는 일들을 끌어옵니다.

42년간 이렇게 살다 보니 큰 펑크를 낸 적은 없습니다. 동일본대지진이 일어났을 때 『I 아이』라는 작품의 연재를 잠시 쉰 적 있는데, 그것도 마침 한 권 분량의 원고가 끝났기 때문이었어요. 당시 병행하던 만화 『양의 나무(羊の木)』 연재는 쉬지 않고 계속했는데, 그걸 본 원작자 야마가미 다쓰히코 씨는 "이거 이가라시 씨가 쓰나미에 휩쓸려 허우적대면서 그린 거 아냐?"라고 말하기도 했지요.

지난번 얘기했던 데이비드 그레이버의 『불쉿 잡』이 아직 한국에서 번역되지 않았다니 아쉽습니다. 저자의 다른 책들은 번역 출간된 걸 보면 아무래도 이 책의 양이 너무 방대해서가 아닐까 싶어요. 『부채론』도 절판되어 구하기 어려운 모양이던데 이 책은 『불쉿 잡』보다도 더 두껍습니다.* 스케일이 큰 이야기라 번역가가 죽을 고생을 했다더군요. 저도 책을 다 읽는 데 한 달 정도가 걸렸습니다.

* 2021년 1월에 편지를 주고받은 이후 『부채론』은 한국에서 2월에 『부채, 그 첫 5,000년의 역사』(정명진 옮김, 부글북스, 2021)로 개정 출간되었고, 『불쉿 잡』(김병화 옮김, 민음사, 2021)은 8월에 출간되었다. ─옮긴이 주

이랑 씨는 13년 동안 학자금 대출을 갚았다고요? 일본 대학생들도 사회에 나와서까지 학자금을 상환하느라 힘들어하는 경우가 많습니다. '전세'라는 한국의 독자적인 제도 이야기도 아주 흥미로웠는데요, 그것 역시 다른 형태의 대출이랄까, 부채겠지요.

『부채론』은 일종의 화폐론인데, 원래 화폐라는 건 '화폐'가 아닌 '부채'의 개념에서 시작되었다고 해요. 그러니까 빚을 얼마나 지고 있는지 나타내는 단위이자 일종의 차용증 개념에서 탄생했다는 거죠. 그레이버는 '인간은 태어날 때부터 빚을 떠안고 있다'고 말합니다. 자신의 부모와 조상들이 개척하고 유지해온 사회의 일원이 되었으니 그에 따른 의무를 완수해야 한다는 뜻이지요. 세금 역시 이런 맥락으로, 의무를 다하는 건 신용의 문제입니다. 신용은 인간에게만 있는 감정이며 이 신용이 사회와 화폐를 성립시킨다고 합니다.

이랑 씨의 단편소설 「너의 모든 움직임을 인지하라」에 나오는 세나와 김석의 이야기, 아주 재미있게 읽었어요. 저는 그 두 사람의 관계가 종교적이라고 생각했어요. 일본의 옴 진리교는 입교할 때 개인 재산을 모두 '희사(喜捨)'

의 형태로 기부합니다. 이는 당연히 속세의 가치관을 버리기 위해서인데 이런 시스템은 이슬람교에도 존재했다고 합니다. 이를 통해 교주와 사원이 재산을 늘리고 번쩍번쩍 금칠을 하기도 했지만 그렇게 모은 재산을 가난한 신자에게 빌려주기도 했답니다. 이슬람교도, 기독교도 은행을 인정하지 않았던 거죠.

이자를 받는다는 건 결국 화폐로 화폐를 늘린다는 뜻인데, 마치 마술이나 연금술의 세계 같지 않나요. 은행은 인허가제지만 화폐를 대신해 주식이 등장했고 이로 인해 누구든 1인 은행을 운영할 수 있게 되었습니다. 이제는 전 세계의 자금이 주식, 증권계로 흘러들어가 실물경제의 파탄이 머지않은 듯한 분위기지요. 말 그대로 다들 '불쉿 잡' 따위 때려치우고 주식이나 사는 게 좋을지도 모릅니다.

이런 이야기는 한번 꺼내면 끝이 없으니 이쯤에서 줄이겠지만 자본주의의 개념을 명확하게 정의한 사람은 없으며, 그레이버는 자본주의 사회를 가리켜 '자본을 가진 사람이 자본을 가지지 못한 사람을 지배하는 사회'라고 말하기도 했습니다. 자본이 없는 우리는 그런 사회에서 살아남기 위해 자신을 포함한 모든 걸 상품화해왔지요. 인터넷 시대가 열리고 이런 현상이 급격히 심화되어 요리, 반려동물, 디저트 사진부터 단순히 게임하고 밥을 먹는 영상까지 상품화되고 있습니다.

저는 제 딸이 취직해서 매일 아침 정장 차림으로 전철을 타고 회사에 출근하는 모습이 슬프다고 할까요, 가슴 아팠습니다. 내 딸마저 상품화시켜버렸다는 자책감이 든 거겠죠. 그 저변에는 그렇게 하지 않으면 살아갈 수 없는 세상에 이 아이를 태어나게 했다는 무력감이 깔려 있었습니다.

Direct action is, ultimately, the defiant insistence on acting as if one is already free.

그레이버가 말한 이 문장을 제 방식대로 의역해보면 '직접 행동이란 궁극적으로, 우리는 이미 자유롭다는 듯 행동하며 이를 주장하는 것'이란 의미 같습니다. 이랑 씨가 궁금해하는 건 훔치는 행위도 여기서 말하는 '이미 자유로운 행동'에 포함되는가 하는 문제군요. 저는 포함될 거라고 생각합니다. 『부채론』을 읽고 내린 결론인데, 어쩌면 그레이버는 '여차하면 다들 도망가'라고 말하고 싶었던 걸지도 모르겠어요. 아마도 저만의 생각이겠지만요.

이랑 씨는 이 편지 연재를 시작하기 전, 돈에 대해 공부할 마음이 생겼다고 했었죠. 그레이버의 『부채론』이 좋은 참고가 될 테니 한국어판이 나오면 꼭 한번 읽어보세요. 일반 학술서라기보다는 『불쉿 잡』과 비슷한 문체로 쓰인 흥미로운 인문서 느낌이 있습니다.

가계부를 쓰고 있다고요? 가계부 작성까지는 무리지만 저도 워드프로세서가 막 나왔을 즈음에 일기를 쓰긴 했습니다. 거의 매일, 1년 정도 써서 그 글들을 한 권의 책, 이가라시 미키오의 일기 『나(ワタシ: いがらしみきおの日記)』(1989)로 엮어 출간했는데, 일기야말로 스스로 읽기에 제일 재미있는 글 아닐까요? 저희 형도 그 책을 읽고 재미있다고 하더니 곧바로 '내가 아는 사람이 나오니까 재미있는 거야'라고 덧붙이더군요.

그러고 보니 열다섯 살 때 쓰던 갈색 가죽 표지의 일기장도 있었는데 어디로 사라졌는지 모르겠어요. 어쩌면 우리 집 어딘가에 있을 수도 있고, 본가에 남아 있을 수도 있고, 쓰레기로 버려져 이미 세상에 없을지도 모르죠. 스스로 읽기에도 부끄러운 내용만 잔뜩 쓰여 있는데, 아직 그 일기가 어딘가에 존재할지도 모른다고 생각하면 마치 예전에 좋아했던 여자가 이 세상 어딘가에서 살아가는 모습을 떠올릴 때와 비슷한 기분이 듭니다. 비슷하다는 것일 뿐, 일기 이야기를 하지 않는 한 거기까지 생각하는 일은 거의 없지만요.

이창동 선생님이 '영화를 만들 수 있는 비법'으로 일기를 쓰라고 했다는 내용은 공감이 가네요. 아마 그건 소설을 쓰는 비법이자 만화를 그리는 비법, 나를 알아가는 비법이기도 할 겁니다. 아 참, 전 요즘 작업실 근처의 커피숍에 가면 비엔나커피만 마시고 있어요.

애니메이션과의 그림책 수업에서 서예와 무용을 함께 배우게 했다는 얘기도 무척 놀랍더군요. 서예를 쓰는 행위는 자신의 몸을 생각대로 움직이는 기술이기도 하니 창작과 육체를 연결하는 훌륭한 방법이라고 생각합니다. 춤을 잘 추는 사람은 서예나 그림 실력도 금방 늘지 않을까요? 그다지 상관없는 이야기지만, 극진 가라테의 창시자인 오오야마 마스타쓰*는 '춤꾼과는 싸우지 말라'고 했답니다. 댄서들은 어떤 기술도 피할 수 있다고요.

편지 형식의 이 연재도 약 12회 분량이면 한 권의 책이 된다고 하던데요, 지금이 여덟 번째 편지니까 앞으로 네 번 정도만 더 주고받겠네요. 저도 이 연재라면 죽을 때까지 할 수 있을 것 같은 기분이 드는데, 저와 함께 생각해보고 싶은 문제나 이야깃거리가 있나요?

　딱히 해결을 하자는 건 아니지만 같이 생각해볼까 합니다. 분명 저한테도 이랑 씨와 나누고 싶은 이야기들이 있을 것 같아요.

* 大山 倍達, '바람의 파이터 최배달'이라는 이름으로 알려진 최영의의 일본 이름. ―옮긴이 주

저는 준이치와 함께 집에서 죽기로 했습니다

한국 경제에도 큰 영향을 끼쳤던 2008년 미국의 리먼 사태(세계 투자 은행 리먼 브라더스의 파산으로 시작된 금융 위기)와 금융 자본주의의 역사를 다룬 다큐멘터리를 보았습니다. 거기에서 데이비드 그레이버의 『부채, 첫 5,000년의 역사』와 같은 내용을 공부할 수 있었습니다. 거래 기준이 '화폐'로 정해지면서 자연스럽게 '빚'이 발생하는 금융 자본주의 구조가 저는 믿을 수 없을 정도로 이상하게 느껴졌습니다. 돈으로 거래하기 위해 돈을 찍어내고, 그 돈을 시중에 빌려주면서 되갚을 이자가 생기고, 이자 갚을 돈을 또 찍어내는 요상한 시스템이더군요.

세상에 딱 100원의 돈만 존재할 때, 100원의 돈을 필요한 사람에게 빌려주면서 이자를 붙여 110원을 갚으라고 하는 이야기죠. 하지만 세상에는 딱 100원의 돈만 존재하는데 그 사람은 어디에서 10원을 만들어서 갚을까요? 결국 은행은 그 사람이 갚을 10원을 또 찍어내고, 110원을 갚아야 하는 사람이 10원을 더 빌리고, 은행은 10원에 1원의 이자를 붙여 빌려주고, 이자 갚을 돈을 만들고 빌려주면서 또 이자가 생기는 정말 요상한 구조였습니다.

대출 시스템도 정말 이상했습니다. 은행은 지급준비율

인 10퍼센트를 남기고 누군가가 은행에 맡긴 돈을 다른 사람들에게 빌려줄 수 있더군요. 제가 100원을 은행에 저금하면 그중 10원만 남기고 90원을 다른 사람에게 대출해주면서 거기에 이자를 최대 20퍼센트까지 붙일 수 있다고 하네요(2021년 현재 한국 기준). 제가 은행에 넣어둔 100원에서 발생하는 이자는 0.1퍼센트인데, 은행은 제 돈 90원을 다른 곳에 대출해주고 20퍼센트의 이자를 받아 맛있게 먹는다는 말입니다.

이렇게 처음부터 빚이 발생하는 금융 구조 안에서 실제로 찍어낸 돈보다 시중에 돌아다니는 돈이 엄청나게 불어나더군요. 게다가 모든 거래가 종이돈으로 오가는 게 아니라 시스템상의 숫자로 오가기 때문에 더 이상하게 느껴지는 것 같아요. 저도 대부분 거래를 숫자로 한 지 너무 오래돼서 이제는 가끔 종이돈을 보면 굿즈같이 느껴집니다. 분명히 실제 돈이지만, '돈'이라는 무형의 약속을 상징하는 굿즈 같은…… 이게 무슨 말인지. 흐흐.

평소 저는 지갑을 놓고, 핸드폰과 카드만 들고 밖에 나갈 때가 많습니다. 서울에서는 10원도 카드로 결제할 수 있기 때문에 현금이 없어도 문제가 없거든요. 게다가 카드를 꽂을 수 있는 핸드폰 케이스를 사용하기에, 그야말로 손에 핸드폰만 들고 나가도 밖에서 생활하는 데 아무 어려움이 없었답니다. 하지만 그런 제 생활이 완전히 마비되는 하루가 있었습니다.

2018년 11월 24일. 한국의 3대 이동 통신사(KT, LG, SK) 중 하나인 KT의 아현(서울의 한 지역입니다) 지사에서 화재가 발생해 서울과 수도권 일부 지역에 심각한 통신 장애가 생기는 사건이 벌어졌습니다. 그날 저는 느지막이 일어나 습관처럼 핸드폰을 켰는데, SNS도 메신저도 전화도 아무것도 연결되지 않더군요. 처음엔 제 핸드폰이 고장 났다고 생각했지만, 집 컴퓨터도 인터넷 연결이 되지 않기에 갑자기 불안해져서 자전거로 5분 거리에 있는 작업실로 달려갔습니다. 그런데 작업실 인터넷도, TV도 전부 먹통이더군요. 그때까지는 무슨 일인지 전혀 파악할 수가 없었습니다. 공동 작업실에 저 말고 아무도 없어서 이 곤란함을 말할 상대도 없었고요. 한두 시간 기다려봐도 작업실에 아무도 오지 않기에 '혹시 전쟁이 났나?' 하는 걱정이 생겼습니다. 여기에 혼자 있다가 어떻게 될지 모르니 집으로 돌아가서 준이치와 함께 있어야 할지, 플래카드를 만들어 작업실 창문에 걸어놓아야 할지 고민했습니다. 플래카드 문구를 이것저것 생각하면서 창문을 열고 거리를 관찰했는데 불안한 저와 달리 사람들은 별일 없다는 듯 걷고 있었습니다. '나한테만 일어난 일인가?' 생각하니 더더욱 불안해지더군요.

뉴스라도 봐야 할 것 같아 카페에서 인터넷을 빌려 쓰려고 밖으로 나갔는데, 가까운 카페도 인터넷 연결이 안 되니 현금 결제만 가능하다고 했습니다. 카드 결제가 되는 가게를 찾아 몇 군데 돌다 돈가스 집에 들어갔습니다. 카드 결제는 된다고 했지만 인터넷은 되지 않았습니다. 지치고 배가 고파 일단 돈가스를 시켰어요.

돈가스를 기다리면서 옆 테이블의 대화 내용 중 KT 지사에서 화재가 발생했다는 소식을 엿들을 수 있었습니다. 모든 통신사에서 '긴급 안내 문자'로 해당 내용을 알린 모양이지만, 정작 안내를 받아야 할 KT 핸드폰으로는 긴급 문자도 수신되지 않았습니다. 그래도 전쟁은 아니라서 다행이라고 생각하며 돈가스를 먹고 작업실로 돌아갔습니다.

집과 작업실만 오가던 저에게는 인터넷과 카드 결제가 안 되는 정도의 사건이었지만, 그날 통신망 장애로 사망한 사람도 있었습니다. 심장마비로 구급차를 불러야 했는데 전화가 되지 않아 신고하지 못했기 때문입니다. 하루 넘게 KT 유무선 통신망이 모두 마비됐고, KT 통신망을 쓰는 카드 단말기, 공중전화, 라디오, 기차역 승차권 발매기, 은행 ATM 등도 작동을 멈췄습니다. 이렇게 한 문장으로 쓰면 간단하지만, 통신망이 멈춘 세상에서 한 사람 한 사람이 어떤 시간을 보냈는지 기록하면 엄청난 이야기들을 발견할 것 같습니다. 지난번에 얘기한 『인간 임종 도권』처럼 서울에서 KT 화재가 났던 날, 다양한 사람들의 하루 동선을 책으로 엮으면 좋겠다는 생각이 듭니다.

센다이에서 10년 전 쓰나미가 왔을 때의 이야기를 우리가 나눴었나요? 아주 짧게만 들었던 기억이 나는 것 같네요. 얼마 전 사회학 연구자이며 일본에서 유학 중인 제 친구가 센다이에 방문해 저희 둘을 연결해준 나쓰미 상과 쿠미코 상을 만나 쓰나미의 기억을 인터뷰했다고 합니다. 그친구는 도쿄 대학원에서 이동 수단과 사회 문화를 연구하고 있습니다. 솔직히 뭘 연구하는지 정확히 모릅니다. 아주 친한 친구라서 더 모르는 것 같아요. 만나면 일단 온천에 가서 몸을 담그고, 남들에게 알려주고 싶지 않은 비밀 이야기들을 나누느라 막상 요즘 하는 작품이나 연구 얘기를 딱히 나누지 않거든요⋯⋯ 그 친구가 나쓰미 상과 쿠미코 상에게 어떤 이야기를 들었을지 무척 궁금합니다. 곧 한국 신문에 기사가 나온다고 하니 읽어보고 얘기할게요.*

제가 도쿄에 갈 때마다 내 집처럼 머무는 스기나미구의 작은 목조 주택에 사는 유키와 나리타 두 친구에게 동일본 대지진이 일어났던 날에 대해 들은 적이 있습니다. 전화도 먹통이고 교통수단도 끊긴 그날, 유키는 오다이바에서 일을 마치고 스기나미구의 집까지 걸어갈 수밖에 없었다고 해요. 동료와 함께 걷다가 지친 유키는 중간에 열린 가게를 발견해 거기서 간단히 식사와 술을 하고 다음 날 새벽에야 집에 도착했습니다. 그날 내내 집에 있던 유키의 파트너 나리타는 불안한 마음으로 온종일 기다린 탓에 하루

* 안은별, 「부서진 고향에 남은 사람들 "부흥보다 지속이 중요하다"」, https://www.hani.co.kr/arti/society/society_general/986623.html(『한겨레』, 2021년 3월 13일 자).

가 지나 도착한 유키를 보자마자 무척 화를 냈다고 합니다. 저는 동료와 이야기를 나누며 천천히 집까지 걸어왔을 유키에게도 공감이 됐고, 집에서 온갖 상상하며 불안에 떨었을 나리타에게도 공감했습니다. 이가라시 상의 그날 하루는 어떤 모습이었을지 궁금하네요.

저는 작업실을 함께 쓰는 사람들과 재난이나 전쟁이 발생했을 때 어떻게 할지 의논하곤 합니다. 전에는 재난 상황이 닥치면 일단 작업실에 모여서 어디로 갈지 정하자고 했는데, 지금은 그렇게 모이기도 어려울 것 같다는 이야기가 나왔습니다. 몇 년 전만 해도 작업실 멤버 중에 동물 가족이 있는 사람은 저까지 딱 두 명이었는데, 이제는 모든 멤버가 고양이와 함께 삽니다. 그렇게 총 일곱 명의 사람과 열 마리의 고양이가 있습니다. 이동장에 한 번에 두 마리를 넣고 어떻게 작업실까지 걸어올지, 성격이 유난히 거칠거나 예민한 고양이를 데리고 과연 밖에 나올 수 있을지 등등 많은 것들이 문제지요. 저는 최근에 중대 질병을 진단받은 준이치를 절대 밖으로 데리고 나올 수 없다고 판단해, 재난이나 전쟁이 생겨도 집에서 준이치와 함께 죽겠다고 선언한 상태입니다.

준이치는 얼마 전 구내염과 특발성 유미흉이라는 진단을 받았습니다. 특발성 유미흉은 특정한 원인 없이 림프액이 새서 흉수가 차는 병이에요. 흉수가 많이 차면 병원에 가서 주사기로 물을 빼내야 합니다(흉수천자라고 합니다). 마취도 없이 가슴에 몇 번이나 주사를 맞아야 해서 준이치가 많이 괴로울 겁니다. 지금 당장은 흉수가 차는 속도가 느린 편이지만 앞으로 점점 빨라질 수도 있다고 해요.

처음 진단을 받은 병원은 동물대학병원이라 불리는 커다란 24시간 응급 병원이었습니다. 아픈 동물들과 보호자들이 엄청나게 많았어요. 면회실에는 입원한 동물을 만나기 위해 대기하는 분들이 있었는데, 다들 울고 있었습니다. 그 공간에 있는 사람들이 모두 다 울고 있었기 때문에 왠지 모를 공동체 의식을 느끼며 저도 많이 울었습니다. 동물들은 자기가 얼마나 아픈지, 앞으로 치료를 어떻게 하면 좋을지, 의견을 말할 수 없기에 인간 보호자들이 더 안타까움을 느끼는 것 같아요.

준이치는 어떤 방법으로든 자기 의사를 제게 전달하고 있을까요? 저는 잠을 자다가도 준이치 기척이 느껴지면 바로 일어납니다. 16년 동안 축적된 '준이치와 함께 살고 있다'는 감각이 몸에 배어서일까요. 자다가도 준이치가 토하려는 소리가 들리면 벌떡 일어나 준이치에게 달려갑니다. 이불이나 러그 위에 토하면 치우기 어렵기 때문에 얼른 준이치 토를 손으로 받습니다. 준이치는 오랫동안 제 옆에서 같이 베개를 베고 잤는데, 열 살이 넘은 뒤로는 독립해서 혼자 자기 시작했습니다.

아주 가끔 준이치가 새벽에 제 침대로 자러 들어오는 날이 있습니다. 준이치 기척을 느끼고 일어난 저는 너무 기뻐서 다른 방에서 자고 있는 타케시를 불러 사진을 찍어달라고 합니다. 그 사진을 핸드폰 배경 화면으로 해두고 행복해하면서요. 그런데 준이치가 새벽에 제 침대로 자러 들어온 며칠 뒤 꼭 병원에 가게 될 일이 있더라고요. 그게 바로 준이치의 의사 표현이었던 걸까요. 지금 생각해보면 '내가 많이 아프니 내 몸의 변화를 가까이서 보고 확인해라'라는 의도로 제 침대에 찾아온 게 아닐까 싶습니다.

현재 준이치는 자주 병원에 다니며 흉수가 얼마나 찼는지 확인하고, 많이 차면 주사기로 물을 뺍니다. 집에서는 아크릴로 만든 작은 방 안에 산소를 넣어주며 호흡수를 체크하고요. 하루에 캡슐 약을 6~8개 먹습니다. 식단도 저

지방 식단으로 병원에서 처방받은 것만 먹습니다(맛이 없어서 잘 먹지 않아요). 가슴이 압박되면 기침을 심하게 하기 때문에 껴안을 수 없는 게 무척 슬픕니다. 요즘엔 똥을 쌀 때도 힘이 드는지 기침하면서 똥을 쌉니다. 앞으로 점점 더 어려운 시간이 찾아올 것 같아요.

준이치를 24시간 관찰해야 하기에 저는 요즘 작업실에 거의 나가지 못합니다. 대신 친구들이 준이치 문병 겸, 저를 위로하러 집에 찾아와주지요. 슬픈 것도 슬프지만, 앞으로 모든 결정을 준이치를 대신해서 내려야 하기 때문에 요즘 저는 책임감과 죄책감과 부담감을 많이 느끼고 있어요. 돈 문제도 만만치 않습니다. 준이치랑 응급 병원에 간 첫날에만 300만 원 정도를 썼습니다. 지금 가진 돈을 전부 다 쓰고 빚을 지면서도 할 수 있는 모든 치료와 추천받은 모든 병원에 찾아가야 할지, 아니면 준이치가 죽은 뒤에 제가 살아갈 시간들을 고려해서 돈을 아껴야 할지, 이런 이야기를 누구와 나누면 좋을지도 모르겠어요. 준이치는 대답해주지 않네요.

얼마 전 집에 찾아온 친구와 친구의 파트너와 함께 둘

중 한 명이 (사고나 병으로) 의사 결정을 할 수 없는 상태가 되면 어떻게 할지 이야기를 나눴습니다. 친구의 파트너는 자기에게 쓸데없는 돈과 시간을 낭비하지 말았으면 좋겠고, 친구가 부디 즐겁고 행복하게 살기를 바란다고 했습니다. 의사 결정 능력이 없을 정도로 심각한 상황에서 연명 치료를 모두 거부한다는 말이겠지요. 그 말을 들은 제 친구는 좀 화가 난 것 같았습니다. 자기가 그 상황이어도 그렇게 할 거냐며 약간 따져 물었지만 파트너는 대답하지 않더군요. 친구의 파트너는 미국인인데요, 그는 전에도 미국의 건강보험에 대해 몇 번 이야기한 적이 있습니다. 미국은 국민 건강 보험이 없기 때문에 사설 의료 보험이 없는 사람은 응급 상황에도 앰뷸런스를 부르기 어렵다고요.

예전에 봤던 마이클 무어 감독의 다큐멘터리 「식코 (Sicko)」(2007) 생각이 났습니다. 그 영화에서는 손가락 두 개가 잘렸는데 둘 중 접합 수술이 싼 쪽을 선택해 손가락 하나만 수술한 사람도 나왔고, 마지막에 돈 때문에 치료를 포기한 미국 사람들이 배를 타고 쿠바에 가서 무료 의료 시스템을 경험하는 장면도 있었습니다.

전에 제 파트너 타케시와 이런 문제에 대해 이야기를 나눈 적이 있습니다. 타케시는 자기가 갑자기 죽으면 길에 버리라고 하더군요. 지금 저와 한국에서 살고 있는 타케시는 무비자로 체류하고 있어서 취직할 수 없고, 그래서 돈을 벌거나 모으기도 어려운 상황입니다.* 비자가 없으니 당연히 보험도 없어서 한국에서 쉽게 병원에 갈 수도 없습니다. 병원에 가면 저는 기본 진료비가 3천 원이지만, 타케시는 기본 진료비만 몇 만 원이 나와요. 다행인지 타케시는 몸이 튼튼한 편이라 그간 병원에 갈 일은 거의 없었습니다. 아무튼, 자기가 갑자기 죽으면 길에 버리라고 이야기한 날, 저는 타케시를 길에 버리기 위한 연습을 했습니다. 만약 아침에 눈을 떴는데 침대에 타케시가 죽어 있으면 집에서부터 길까지 끌어내야 하잖아요. 그런 상황을 설정하고, 몸에 힘을 빼고 누워 있는 타케시를 침대에서 끌어내리는 연습을 했어요. 하지만 팔 한쪽도 다리 한쪽도 너무 무거워서 몸 전체를 전혀 들 수가 없었습니다. 결국 길에 버리는 건 포기하고, 그런 상황이 오면 도쿄에 사는

* 한일 양국이 상대국 여권 소지자에 대해 관광, 통과, 상용(商用) 등의 목적의 단기 체류(최장 90일)에 대해 비자를 면제했었기에 '무비자'로 체류했다.

타케시의 형에게 전화하기로 했습니다.

"여보세요? 타케시 형이죠? 여기 한국인데 타케시가 죽었으니 좀 데려가주세요."

코로나가 시작되기 전, 타케시는 무비자로 3개월에 한 번씩 한국을 나갔다 들어오기를 반복하며 저와 함께 살고 있었습니다. 코로나로 무비자 입국이 불가능하게 된 지금 일본에 돌아가게 되면, 다시 한국에 들어올 수 있는 비자가 마땅히 없습니다. 그래서 작년부터 계속 체류 연장 신청을 하며 머물고 있는데요, 전 세계가 공통으로 겪는 재난 상황이라 어찌저찌 연장이 되는 것 같았으나, 얼마 전 더 이상 연장해주지 않겠다는 통보를 받았습니다. 이 상황을 어떻게 헤쳐나갈지 고민입니다……

지난 편지에 함께 나누고 싶은 이야기가 있는지 물어봐주셔서 놀랐습니다. 그걸 물어보지 않아도 지금까지 하고 싶은 얘기를 신나게 쏟아내고 있었으니까요. '갑자기 왜 물어보실까?' 생각했습니다. 이렇게 편지를 주고받는 일이 몇 차례 남지 않았다는 걸 예감해서일까요? 저는 책으로 만들어질 이 편지 주고받기가 끝나도 또 이가라시 상에게 계속 편지를 써 보낼 것 같은데요.

다시 잠드는 평화로운 생활이 가능할까요

고양이와 다름없이 날마다 먹고 자고,

준이치가 걱정이네요. 라인으로 보내준 영상을 봤는데 그래도 지금은 평소처럼 움직이는 것 같아 조금 안심했습니다. 우리 집에도 벌써 4대째인 고양이가 함께 살고 있습니다. 한국에는 고양이보다 강아지를 좋아하는 사람이 많다고 들은 것 같은데요, 이랑 씨처럼 고양이를 좋아하는 여성들이 많은 걸까요? 고양이에게는 생물로서 긍지 같은 것이 느껴져서 곁에서 지켜보다 놀란 적이 여러 번 있습니다.

이런 이야기를 꺼내기 적당한 타이밍인지는 모르겠지만, 우리 집 고양이로는 3대째였던 페네는 2015년, 열여덟 살의 나이로 무지개 다리를 건넜습니다. 나이가 들면서 신장이 약해지고 이가 빠지더니, 입에서 피가 나 밥도 제대로 먹지 못했지요. 지혈만이라도 해보려고 병원을 찾았다가 수술하려면 전신마취가 꼭 필요한데 나이가 많아 생명을 보장할 수 없다는 얘기를 듣고 그대로 돌아올 수밖에 없었습니다. 그랬더니 그날부터 페네가 밥을 안 먹기 시작했습니다. 물은 조금씩 마시는 것 같았는데, 얼마 안 가 준비해놓은 밥과 물 근처에도 가지 않더군요. 옆에서 보고 있으면 마치 죽기로 마음을 먹고 밥도 물도 입에 대지 않기로 결심한 것만 같았습니다.

그로부터 3주간, 하루가 다르게 말라가는 페네의 모습에 보는 사람도 애가 닳았습니다. 딸아이는 더 이상 일어설 기력조차 없어 기어가듯 몸을 끌고 다니는 페네를 보고 훌쩍거렸지요.

며칠 지난 저녁, 부엌 근처에 있던 딸이 '앗!' 하고 큰 소리를 내기에 가봤더니 기어 다니는 것조차 힘든 페네가 싱크대에 올라가 설거지통 안에 남은 물을 물끄러미 바라보고 있었습니다. 도대체 어떻게 그 위까지 올라갔는지는 모르지만, 아마도 목이 말랐겠지요. 하지만 페네는 물을 쳐다만 볼 뿐, 마시려 하지 않았습니다. 스포이트로 입 안에 물을 떨어뜨려줘도 입가로 줄줄 흘려버릴 뿐이었죠. 사실인지 모르겠지만, 생물이 가장 편하게 죽는 방법이 아사라는 이야기를 들은 적이 있습니다. 물을 마시면 고통의 시간만 더 길어진다는 생각에 그랬던 건 아닐까 하는 짐작도 어쩌면 인간의 이기적인 착각일지 모르죠.

얼마 후 토요일, 저는 제 작품을 원작으로 한 영화를 보기 위해 지역의 영화관에 갔습니다. 그날따라 아내도 볼일이 있어 외출을 하고 집에는 딸과 페네만이 남아 있었죠.

일말의 불안감이 있었기에 무슨 일이 생기면 연락하라는 말을 남기고 집을 나섰는데, 영화가 종반으로 접어들 때쯤 주머니에서 진동이 느껴졌습니다. 저는 난청자이기 때문에 가족끼리 연락은 주로 라인을 사용하는데, 점심에 뭘 먹었다느니 저녁 메뉴는 뭐가 좋겠다느니 하는 시답지 않은 대화들도 자주 오가는 편이라, 한 번의 진동만으로는 딱히 긴박함을 느끼지 못했습니다.

영화가 끝날 때까지 메시지가 두 번 정도 더 왔지만 특별히 연달아 많이 온 것도 아니라서 얼마 남지 않은 영화를 끝까지 다 보았습니다. 그 후 화장실도 급하고 해서 엔딩 크레딧이 올라가기 전에 서둘러 영화관을 나와 핸드폰을 꺼내며 화장실로 향했고, 결국 메시지를 확인한 건 변기 앞에서 일을 볼 때였습니다.

페네가 괴로워 보여

피를 토하고 있어

빨리 집에 와

저는 메시지를 곧바로 확인하지 않은 걸 후회하며 멈출

줄 모르는 소변에 화를 냈습니다.

마침내 돌아온 저녁, 아내는 이미 집에 와 있었고 둘이서 만들어놓은 작은 테이블 위 제단에 큰 타월로 몸을 감싼 페네가 누워 있었습니다. 결국 페네의 마지막 가는 길을 딸 혼자 지켰고, 아직도 딸에게는 그 일이 작은 트라우마로 남아 있습니다.

그렇다 해도, 페네의 마지막은 훌륭했습니다. 저는 인간이지만 지금도 어딘지 모르게 페네를 경애하고 있어요. 인간의 이런 감정 따위 어떻게 되든 알 바 아니라는 것도 고양이라는 생물의 멋진 점이겠죠. 매일 먹고 자고, 주위를 슬쩍 둘러보다가 잠깐 놀고 다시 잠드는 날들. 가끔씩 밖에 나갔다 상처투성이가 되어 돌아오기도 했지만, 대부분 시간을 이렇게 보낸 페네의 18년을 한발 떨어져 가만히 되돌아보면 그 어떤 인간도 살아낼 수 없는 일생이랄까요, 정말 근사한 삶의 방식이었다고 생각합니다.

이대로 가다간 고양이 얘기만 할 테니 지금부터는 인간 이야기를 해보지요. 화폐라는 건 그야말로 인간이 만들어 낸 거대한 게임입니다. '돈을 믿어라, 돈이면 뭐든 살 수 있다, 돈이 필요하면 노동을 하고, 없으면 빌려라, 하지만 갚지 못하면 넌 끝이다'라는 룰을 가진 게임. 다 같이 정산을 하지 않는 한, 영원히 계속되는 게임이죠.

일본 국민의 총저축액이 1,845조 엔(2016년 기준)이라고 하던데요. 어느 날 갑자기 모든 일본인이 한꺼번에 은행에서 돈을 찾겠다고 나서면 그 돈이 어디에도 실재하지 않는다는 사실이 들통나버리니, 정부와 은행은 뱅크런(예금자들이 은행에서 예금을 인출하기 위해 몰려드는 현상)이 가장 두려울 겁니다. 이랑 씨 말처럼 돈은 그저 굿즈에 지나지 않을지도 모른다는 생각이 듭니다. 하지만 그렇게 취급하게 둘 수는 없으니 때때로 정치가들은 나라의 빚이 1,200조 엔이고, 그 금액을 국민 1인당으로 환산하면 900만 엔이 된다는 등, 마치 돈이 진짜로 존재하는 듯한 말들을 합니다.

이럴 바에야 차라리 정부가 매달 국민들에게 기본소득처럼 숫자를 나눠주는 게 낫지 않을까요. 과연 그런 상황이 오면 인간은 어떻게 할까요? 먹을 것과 잘 곳이 제공되면 고양이와 다름없이 날마다 먹고 자고, 주위를 슬쩍 둘러보곤 잠깐 놀다 다시 잠드는 평화로운 생활이 가능할까요? 한 지역에서 기본소득제를 실험적으로 시행해보니 게

으름 피우지 않고 빚을 변제하는 등 성실히 일하는 사람이 더 많았다고 하던데요. 역시 노동은 돈을 버는 행위로서 효율이 형편없으니 이제부터 다들 주식이나 사야 할까요? 비트코인도 그렇고 더 이상 돈 따위 필요 없는, 숫자로만 살아가는 시대로 향해가는 것 같습니다.

이랑 씨와 2011년 동일본대지진에 관련한 대화를 별로 나누지 않은 건 딱히 그럴 만한 기회가 없었기 때문이겠지만, 같은 센다이 주민이었던 나쓰미 씨와 쿠미코 씨가 어떤 이야기를 할지는 궁금하네요. 그러고 보니 지진에 대해 이재민들과 대화한 기억이 별로 없습니다. 저는 막대한 피해를 입지는 않았는데, 올해(2021년)가 지진이 일어난 지 10년째 되는 해라 그런지 저한테도 TV나 라디오, 잡지에서 취재나 원고 의뢰가 들어오더군요. 그럴 때마다 뭔가를 쓰고 말할 수 있는 건 역시 상대가 이재민이 아니기 때문일 겁니다. 피해를 입은 사람들끼리 2011년 3월 11일에 뭘 하고 있었는지를 얘기해봤자 별수 없겠죠. 분명 다들 비슷한 경험을 했을 테고, 그것은 이미 개인 체험으로서 자신의 일부가 되었을 테니까요. 더 비참한 경험을 한 이들도 있겠지만, 이제 와 그런 사람들에게 이야기를 들려달라고 할 마음은 별로 들지 않습니다. 이런 경험들은 앞으로도 계속해서 전달해나가야 하겠지만, 말을 하면 할수록 형태만 남아 내용이나 가치가 희미해지기도 합니다. 10년 동안 모든 말을 충분히 했다고는 할 수 없지만, 이제 후쿠시마와 지진 피해에 새로운 말이 필요해진 것 같다는 생각이 듭니다. 다만, 그 말이 무엇인지 아무도 생각해내지 못할 뿐이죠.

2021년 2월 13일 미야기현에서 일어난 진도 6, 매그니튜드 7의 지진은 동일본대지진의 여진이었다고 합니다. 10년이나 지났는데 아직도 그 여진이 이어지고 있다니, 힘이 쭉 빠지는 거 같아요. 아, 여전히 계속되고 있었구나 싶더군요. 인간의 척도로는 이미 끝난 것처럼 보이지만, 자연의 시간 축으로는 마치 어제 일처럼 아무것도 끝나지 않은 모양입니다.

동일본대지진 이후, 피해 지역은 '부흥'이라는 슬로건 아래 거대한 제방을 세우고 땅을 높게 올려 마을을 재건했습니다. 주민들이 완전히 돌아오는 일은 없겠지만, 그럭저럭 새로운 환경을 받아들여가는 것처럼 보입니다. 하지만 '이대로 괜찮은 걸까'라는 생각이 머릿속을 떠나지 않네요. 일본은 변화의 기회를 또다시 놓쳐버린 것만 같습니다. '그럼, 대체 어떻게 바뀌어야 하냐'고 묻는 이도 있을지 모르지만, 적어도 지금의 이런 '부흥'은 아니었다고 생각합니다. 그렇다면 일반 시민이 부흥 외에 뭘 할 수 있을까요? 그걸 바라는 자체가 이상한 걸지도 모르지만, 데이비드 그레이버의 말처럼 우리는 지금과 다른 세상이 분명히 존재한다는 사실조차 생각하지 않게 된 듯합니다. 저는 그 점이 가장 신경 쓰입니다.

여덟 번째 편지 마지막에 쓴 '이랑 씨와 같이 생각해보고 싶은 것'은 지금과 다른 세상이 확실히 존재한다면 과연 어떤 세상일까 하는 이야기였습니다. 저는 우리가 다시한번 가난해지는 게 그 시작일지 모른다는 생각도 드는데, 과연 어떨까요?

langlee
제가 너무 답장 빨리했죠! ㅋㅋㅋㅋㅋ
신경 쓰지 말고 천천히 편지 쓰세요.

LINE일본어통역
私があまりにも返事早くしました!
ハハハハ~気にせずにゆっくり手紙書いてください

오후 06:27

ミック
ランさんの曲よかったですよ。
ランさんは声がいいね。
曲に溶け込んでる。
次のアルバムに入れてください。

LINE일본어통역
랑 씨의 곡 좋더라고요.
랑 씨는 목소리가 좋네.
곡에 녹는.
다음 앨범에 넣어주세요.

오후 07:44

langlee
편지가 늦고 있어서 죄송합니다.

LINE일본어통역
手紙が遅くなっていて申し訳ありません

오후 04:01

langlee
오늘 저녁에 보낼 것 같아요!

LINE일본어통역
今日の夕方に過ごしそうです!

오후 04:01

langlee
1월에 새로운 마감이 많이 있어서
마감 스트레스!!

LINE일본어통역
1月に新たな締め切りがたくさんあるため、
投票ストレス!!

오후 04:01

ミック
お待ちしてます。

LINE일본어통역
기다리겠습니다.

오후 04:25

2021.03.19. (금)

langlee
저는 오늘 일주일 만에 잠깐 작업실에 나왔어요.
요즘은 준이치 밥 먹이고 약 먹이면
하루가 끝나네요.

LINE일본어통역
私は今日一週間ぶりにちょっと作業室に出ました。
最近は純一ご飯を食べさせて薬飲ませば1日が終わ
ります。

오후 05:54

ミック
ジュンイチ、どうですか？変わりないですか。
今回は早く出来ましたが、
ランさんはゆっくりでいいですよ。

LINE일본어통역
준이치, 어떻습니까? 다름없어요?
이번에는 빨리 됐지만 랑 씨는 천천히 해도 좋아요.

오후 06:22

langlee
준이치 밥을 거의 먹지 않아서 무척 걱정입니다.
살이 점점 빠지고 있어요.
매주 일요일마다 병원에 가니까,
이번 주 병원에 가서 또 의사와 상담을 해야지요.

LINE일본어통역
淳一ご飯をほとんど食べなくてとても心配です。
体が段々陥っています。
毎週日曜日ごとに病院に行くから、
今回の州の病院に行ってまた、
医師と相談をしなければなりません。

오후 06:23

ミック

ペネも歯が抜けたりご飯に薬入れたりすると食べな
くなりましたね。
まだ体力あればいいんですが。

LINE일본어통역

페네도 이가 빠지거나
밥에 약 넣거나 한다고 안 먹게 되더라고요.
아직 체력 있었으면 좋겠네요.

오후 06:59

langlee

아직 진단받은 지 한 달밖에 안 됐으니까,
체력은 있습니다만.
이제부터 시작이겠지요? >_<

LINE일본어통역

まだ診断を受けて一カ月しか経ってないから、
体力はありますが。
これからが始まりだったのですか? >_<

오후 07:08

ミック

同じようになるとは限らないのですが、
年齢的には無理が効かないですからね。できるだけ
長くいっしょにいられるよう祈っています。

LINE일본어통역

똑같이 된다는 법은 없는데,
무리가 통할 나이는 아니니까요. 되도록 길고
같이 있을 수 있도록 기도하고 있습니다.

오후 08:56

langlee

감사합니다.

LINE일본어통역

ありがとうございます。

오후 08:58

태어났을 때부터 죽음으로 변제할 때까지

빚을 지고 사는 인생이라니요

이번 주에 전셋집 계약 연장을 했습니다. 전세는 보통 2년마다 연장하고, 그때마다 보통 전세 보증금이 올라간답니다. 연장해도 보증금을 올리지 않는 집주인이 있다고는 들어봤지만, 실제로 만나본 적은 없기에 신화적인 존재로만 느껴집니다. 저희 집은 이번에 계약 연장을 하면서 보증금이 1천만 원 올랐습니다. 부동산에서 계약서를 새로 쓰고, 테이블 맞은편에 앉은 집주인에게 1천만 원을 모바일 뱅킹으로 송금하면서 이상한 기분이 들었습니다. 순식간에 제 계좌의 숫자가 변하는 걸 눈으로 확인해서였을까요.

2년 전 지금 살고 있는 전셋집으로 처음 이사하면서, 재계약할 때는 보증금이 무조건 오를 거라고 예상했습니다. 그래서 2년 동안 꾸준히 돈을 모았습니다. 이사 올 당시 보증금 중 3분의 2는 무사히 대출받았지만 나머지 3분의 1을 낼 돈이 충분하지 않아 재산을 탈탈 털었기에, 이사 후에 0원부터 다시 모으기 시작했습니다. 전 재산을 집에 털어 넣고도 2년 후 얼마가 오를지 모를 보증금을 준비해야 한다는 압박감이 심했어요. 매달 미션을 수행하듯 돈을 벌어 절약하고, 가계부를 쓰고 최대한 많은 돈을 저금했습니다. 그렇게 긴장하면서 2년 동안 모은 돈을 집주인에게 넘기니 기분이 이상했습니다. 그간 저도 모르게 돈 스트레스가 많이 쌓였던 탓일까요. 부동산에서 돌아온 저는 방 침대에 쓰러져 그대로 잠이 들었습니다. 자는 동안 온몸이 아파 끙끙거리고, 식은땀을 흘리다 일어나 보니 어느새 밤이 되었더군요.

서둘러 끝내야 하는 원고 마감이 있어 끙끙대며 작업실에 나갔습니다. 여느 때처럼 사람들이 모여서 재미있게 마작을 하고 있었습니다. 그날따라 마작을 하러 놀러온 사람이 많아 작업실은 무척 시끄러웠습니다. 저는 이어폰을 끼고, 시끄러운 음악을 틀고 원고를 마무리하려고 애썼습니다.

쓰던 원고는 단편소설이고, 제목은 「대재난 시대의 게임방의 가치」*라고 지었습니다. 어떤 재난인지 소설에는 밝히지 않았지만 (전쟁일지도, 좀비일지도, 지진이나 쓰나미일지도 모르는) 큰 재난이 닥친 상황에서 어찌저찌 공동 작업

* 웹진 『비유』(41호, 2021년 5월)에 발표했다.

실에 모인 사람들끼리 앞으로 어떻게 살아남을지 고민하는 내용입니다. 저희 작업실에 있는 거라고는 수많은 책과 게임들뿐인데요, 어쩌면 대재난 시대에 게임과 책이 생각보다 큰 재산이 될 수도 있다는 생각이 들더군요.

소설에서는 이 작업실을 게임방으로 만들자는 이야기가 나옵니다. 전쟁 중이어도, 좀비를 피해 숨어 있는 중이어도, 언젠가 누군가는 게임이 하고 싶을 것 같아서요. 재난에 어느 정도 익숙해진 사람들이 슬슬 게임이 하고 싶어 하나둘 게임방을 찾아오기 시작하면, 작업실 사람들은 보드게임이나 마작, 고스톱을 시간당으로 계산해 빌려주고, 게임 룰도 설명해주는 거지요. 아마 돈이 무용해진 세상일 테니 입장료는 먹을 거나 그때그때 필요한 것들로 받고요. 물물교환의 시대가 되는 걸까요.

그런데 데이비드 그레이버의 『부채, 첫 5,000년의 역사』를 읽으면서 제가 알고 있던 물물교환의 신화가 거짓이라는 걸 알게 됐습니다. 저는 물물교환의 불편함을 해소하기 위해 돈이 발명됐다고 알고 있었는데, 실제로는 물물교환보다 가상의 통화(실제로 손에 쥘 수 있는 금과 은으로 만든 주화가 아니더라도, 계산할 때 기준으로 삼을 통화)가 먼저 등장했다는 사실이 놀랍더군요.

또 책에서는 신용을 담보로 한 가상의 통화로 사람들이 거래했던 역사를 살펴볼 수 있었는데요, 마찬가지로 제가 쓰는 소설에서도 재난 시대에 쓸 새로운 통화가 생기지 않을까 싶었습니다. 그동안 미래를 배경으로 한 재난 영화들에서 커피가 무척 귀한 가치로 나오는 장면을 자주 봤거든요. 만약 그렇다면 제 소설 속 시대에는 100원, 200원이 아니라 가상으로 만든 통화 1커피, 2커피가 될지도 모르겠습니다. 실물 커피는 너무 귀해서 통용되지는 않아도 통화 기준으로만 삼겠지요. 1커피는 라면 5봉지, 2커피는 마작 게임 한 판이 될지도요. 이런 것들을 상상하면 재미있어요 (재미있다고만 하긴 어렵지만요).

아무튼 이 책에서 인간 존재 자체를 부채로 상정한 사회에 대해 읽다 보니 '왜 살아야 하나'란 생각이 저절로 들더군요. 인간의 삶 전부가 빚이고, 죽음으로써 그 빚을 탕감할 수 있다면…… 지금 죽지 않고 살아 있는 사람들은 어떤 모습으로 살아가야 할까요.

저는 어릴 때 엄마가 믿는 종교 덕분에(?) 인간에게 죄의식을 주입하는 이야기들을 많이 들었습니다. 그중 성경 창세기에 나오는 태초의 인간 두 명이 지은 죄를 나까지 유전적으로 물려받았다는 얘기가 제일 황당했습니다. 태어났을 때부터 죄가 있다는 사실을 전혀 이해할 수 없어서 저는 계속 질문했습니다. 창조의 증거는 뭐예요? 제가 태초의 인간의 후손이라는 증거는요?

『부채, 첫 5,000년의 역사』에도 신전에서 동물의 생명을 제물로 바치며 인간의 부채를 변제하던 시대가 나오더군요. 그 시대의 논리에 따르면 제물은 이자를 갚는 셈이고, 완전한 변제는 인간의 죽음으로만 가능하지만요. 태어났을 때부터 죽음으로 변제할 때까지 빚을 지고 사는 인생이라니요……

성경에는 모든 인간의 존재가 죄를 가지고 태어나기에 항상 낮은 자세로 신에게 용서와 감사를 빌면서 살아야 하고, 자만하는 경우 신에게 벌을 받는 이야기가 잔뜩 나옵니다(예: 소돔과 고모라). 그런데도 신이 인간을 창조할 때 '자유의지'라는 걸 만들었다고 하니 정말 알쏭달쏭합니다. 저는 성경 교육을 받을 때도 질문을 너무 많이 던지는 어린이였고, 어른들은 저를 가르치기 힘들어했습니다. 제가 원하는 답을 시원하게 해주는 어른은 단 한 명도 없었고, 다들 "믿음을 가지면 믿을 수 있다"는 말만 반복했어요.

'믿음으로 믿으라'는 말은 정말 황당합니다. 하지만 저를 포함한 많은 사람들이 종교가 아니더라도 많은 것들을 믿음으로 믿으며 살고 있겠지요. 돈이라든지 정부라든지. 예술을 믿는 사람도 있겠고요.

아, 그러고 보니 돈에 관련한 아주 재미있는 엄마의 일화가 생각났습니다. 엄마는 성경 요한계시록에 나오는 멸망의 날 '아마겟돈'이 곧 올 거라고 믿는 사람입니다. 성경 가장 마지막 문서인 요한계시록에는 아마겟돈을 예언하면서 그 징조로 전쟁, 기근, 지진, 거짓 종교, 도덕적 타락 등을 이야기하는데요, 엄마는 이런 징조들과 함께 곧 다가올 심판의 날인 아마겟돈을 기다리면서 신을 향한 믿음을 굳건히 지키려고 노력해요. 그런 동시에 은행에서 이런저런 대출을 받아 그 돈을 생활비로 씁니다.

엄마한테 왜 그렇게 대출을 많이 받는지, 나중에 어떻게 갚을 건지 물어봤더니 "아마겟돈이 오면 대출금을 안

갚아도 된다"고 아주 시원하게 대답하더군요. 아마겟돈이 올 때까지 이자만 갚으면서 버티다가 아마겟돈이 와서 세상이 멸망하면 은행도 같이 없어질 테니, 원금 상환을 하지 않아도 된다고 결론지은 겁니다. 굉장한 논리라서 놀랐고, 어쩌면 엄마는 자신도 모르는 사이에 엄청난 아나키스트가 된 건 아닌가 생각했습니다.

그레이버 책에서도 왕이 바뀔 때 농민의 부채를 일시에 탕감하고 사회를 0으로 돌리는 '리셋' 시스템 이야기가 나오는데요, 지금 사회에서도 통용될 수 있는 얘기라면 어떤 모습일지 상상되더군요. 5년에 한 번 대통령이 바뀔 때마다 빚이 0으로 돌아간다면, 대통령 임기가 끝날 때쯤 급하게 대출을 받으려는 사람이 폭발적으로 늘어날지도 모르겠어요. 아무튼 엄마의 아마겟돈 대출 이론은 정말 대단합니다.

전에 한 가지 종교를 오랫동안 믿는 엄마에게 "만약 엄마가 믿고 있는 종교가 완전 가짜라는 게 밝혀지면 어떡할 거야?"라고 질문한 적이 있습니다. 그때 엄마는 "에이, 엄마가 이렇게 똑똑한 사람인데, 종교를 잘못 골랐을 리 없잖아"라고 대답했어요. 엄마의 자신감이라고 할까요……이 대답도 여러모로 대단하다고 느꼈습니다. 아무튼 엄마의 삶은 제가 살면서 가장 오랫동안 지켜본 타인의 삶인지라 여러모로 축적된 정보도 많고 일화도 많네요.

아, 어쩌면 저는 곧 신과 대화하게 될지도 모릅니다. 최근 무당과 함께 곡 작업을 해달라는 재미있는 의뢰를 받았거든요. 2016년 한 해 동안 〈신곡의 방〉이라는 공연을 했습니다. 두 명의 아티스트가 한 장소에서 한 곡을 함께 만드는 과정을 처음부터 끝까지 보여주는 작곡+쇼랍니다. 2015년 일본에서 친구가 만든 기획이었는데, 한 번 보고 너무 탐나서 기획한 친구에게 라이선스를 받아 한국에서 똑같은 방식으로 진행했습니다. 그렇게 매달 저와 함께 곡을 만들 게스트 뮤지션을 초청해 1년 동안 총 12곡의 노래를 만들었지요. 2016년에 공연 시리즈를 마친 뒤에도, 한두 번 스페셜 공연을 한 적이 있습니다. 시인과 함께 곡을 만들기도 하고, 이미 세상을 떠났지만 좋아하는 작가의 책을 읽고 곡을 만들기도 했어요. 그 〈신곡의 방〉을 이번에 무당과 함께 해달라는 제안을 받았답니다. 무당과 함께 곡 작업을 한다니! 정말 대단한 콜라보가 아닐 수 없네요.

혹시 그 자리에 신을 부를 수 있을지도 모르겠어요. 어떤 신을 부를 수 있을까요? 조선에 살았던 신만 가능한지, 고대 그리스의 신도 올 수 있는지 궁금하네요(제우스라든지 헤라, 포세이돈 같은). 무당과 신은 어떤 언어로 소통하는 걸까요? 신은 여러 가지 언어를 할 수 있는 걸까요? 신이 작사와 작곡에 참여하면 어떤 곡이 만들어질까요. 너무 궁금해서 빨리 공연을 하고 싶습니다. 공연은 2021년 6월, 서울의 한 미술관에서 할 예정입니다.

이 세상은 정말 다양한 존재들이 뒤섞여 살고 있네요. 그렇기 때문에 인간은 부채를 떠안고 태어난다고 볼 수 있을까요? 성경 전도서 1장에 "하늘 아래 새로운 것이 없다. '보라, 이것은 새것이다' 하고 말할 수 있는 게 무엇인가? 그것은 우리가 태어나기 전에 오래전부터 있었던 것이다"라는 구절이 있습니다. 모두 예전에 누군가가 만든 걸 쓰고, 먹고, 입고 있으니 이것을 부채라고 봐야 할까요. 그런데 그걸 다 갚아야 하는 걸까요? 저도 엄마처럼 화끈한 아마겟돈 논리를 믿고 있다면, 2년 뒤에 다시 전세 계약 연장 날이 와도 스트레스가 없을지도 모르겠어요.

'믿는다,'는 건 아마도

인간에게만 있는 감정 아닐까요

무당과 콜라보로 곡을 만드는 기획, 굉장히 흥미롭네요. 공연이 6월이라고요? 꼭 가서 보고 싶은데, 도쿄, 오사카, 교토 등의 지역에 다시 긴급사태가 선언된 상황이라 한국에 갈 수 있는 확률이 더 낮아져버렸어요.

2021년 3월 말에 제가 사는 센다이도 확진자 수가 증가해 특별 외출 자제 요청이 내려졌습니다. 이제는 다소 진정되었지만, 일본 정치가와 관리들은 1년이 흐른 지금도 그저 자제와 해제만을 반복하며 그 무능함을 여실히 드러내고 있지요. 자국의 정치가와 관리를 욕하는 건 어디나 마찬가지겠지만, 국민들에게는 자제하라고 해놓고 자기들은 회식을 하다 감염이 되다니요. 대체 언제부터 이렇게 국민의 발목을 잡는 인간들만 가득해졌는지 알 수가 없습니다.

일본은 한국처럼 시민들이 나서서 시위를 한 역사도 없는 나라라서 자민당은 여전히 으스대고 있습니다. 자민당이 지금의 정당이 된 게 1955년인데, 제가 태어난 해이기도 합니다. 술자리에서 어떤 사람에게 "이가라시 씨는 자민당과 같은 해에 태어났군요"라는 말을 들었을 때는 왠지 모르게 욱하더군요.

그래서인지 몰라도 '권력자'라는 말을 들으면 저는 항상 그 시대의 총리대신 얼굴이 떠오릅니다. 저는 자민당에 표를 주느니 공산당에 들어가는 게 낫다고 생각하는 사람입니다. 언젠가 출장 갔던 호텔에서 같이 묵었던 남자와 조식을 먹으면서 하기에는 그리 적당치 않은 이야기에 열을 올리다, 어떤 흐름에서인가 "나는 아나키스트야"라고 말한 적이 있어요. 스스로도 말을 뱉고 나서야 깨달았는데 생각해보면 저는 옛날부터 아나키스트였는지도 모릅니다. 국가와 회사, 학교를 늘 싫어했는데, 그 이유가 꼭 '억지로 남을 흉내 내게 하기' 때문만은 아니었거든요.

지난번부터 데이비드 그레이버가 말한 '지금과 다른 세상'을 어떻게 생각하는지 등 이야기를 멋대로 이어가고 있는데요, 갑작스레 '지금과 다른 세상'의 이미지를 그릴 수 있는 사람은 세상에 그리 많지 않을 것 같습니다. 그레이버 말대로 우리는 태어날 때부터 자본주의 사회에서 살아왔고, 그것을 최고로 여기는 이들이 존재했으며, 자본주의 이외의 사회에 좋은 인식도 그다지 없을 테니까요. '어떤 사회가 좋습니까?'라는 질문에 곧바로 답할 수 있는 사람은 아마 생각만큼 많지 않을 겁니다.

첫 번째 편지에서 제가 사는 미야기현이 일본에서 독립해 '미야기국'이라는 하나의 나라가 되면 어떤 헌법을 만들까 하는 신문 기획 기사를 말한 적이 있습니다. 그때는 주식과 회사를 금지하고 농업, 어업, 임업으로 나라를 성립시켜 모든 사람이 개인 사업자로 일하는, 거의 '역(逆)독재국'에 가까운 헌법을 만들었습니다. 즉, 누구도 타인을 고용하지 않고 고용되지 않는, 오직 개인 사업자들로만 이뤄진 사회를 생각했던 거죠. 그럼 결국 모든 사람이 우버이츠(ubereats) 배달원처럼 되는 거 아니냐고요? 그것도 맞는 말일지 몰라요. 만약 인기 많은 영화배우나 스포츠 선수가 있다 해도 '샐러리캡(스포츠에서 한 팀에 소속된 선수들 연봉 총액이 일정한 액수를 넘지 못하게 정한 규정)' 제도가 적용되어 연봉은 최대 1억 엔을 넘길 수 없습니다. 누군가는 꿈과 희망이 없는 사회가 아니냐고 하겠지만, 그들이 생각하는 꿈이 유명해지고 부자가 되는 일이라면 그 배출구로 인터넷이 생긴 건 아닐까 하는 생각도 듭니다.

그레이버는 책 『관료제 유토피아』(메디치미디어, 2016)에서

이 세상이 얼마나 관료주의가 만연하고 방대한 '불쉿 잡' 투성이 세계인지를 이야기합니다만, 관료주의를 만연하게 만든 건 분명 관공서가 아닌 회사라고 생각합니다. 회사에 고용되면 누구나 다 관료주의에 빠져버리잖아요. 그렇기 때문에 '미야기국'에서는 사람이 사람을 고용하는 행위를 금지하려고 했던 건데, 분명 '그렇게 하면 대체 뭐가 어떻게 되는데?'라고 묻고 싶어 하는 사람도 많을 겁니다. 저 또한 어떤 일이 생길지 상상할 수 없을뿐더러, 어쩌면 혼란만이 가득할지도 모르겠어요. 관료주의의 반대는 혼란 또는 카오스라고 할 수 있습니다. 그레이버는 연금이나 기본소득 같은 일정 수준의 보상을 정부가 국민들에게 제공함을 전제로, 카오스가 존재하는 게 바람직한 사회라고 말합니다. 그것이 정말인지는 모르겠지만요.

제가 하는 얘기 또한 맞는 말인지 알 수 없습니다. 모두 우버이츠 배달원처럼 되는 것이 과연 좋은 사회일지요…… 아마 드물게 연봉을 1억 엔 받는 사람들이 있기는 해도 '미야기국' 국민들 대부분은 가난할 겁니다. 그럼에도 '미야기국' 사람들은 모두 프리랜서입니다. 프리랜서가 그렇게까지 중요한 포인트냐고요? 제 입장에서는 매우

중요합니다. 회사원으로 사는 사람도 어딘가에서는 프리
랜서이길 바랍니다.

아, 맞아요. 올해 아카데미 작품상을 「노매드랜드」(클로이
자오 감독, 2020)가 수상했지요? 만약 그레이버가 이 작품을
봤다면 미친 듯이 기뻐했을 것 같아요. 「노매드랜드」는 명
백히 '그레이버적인' 영화거든요. 중심 없는 민주주의, 이
동의 자유, 젠더, 그리고 프리랜서!

그레이버도 말했듯 세상을 바꾸는 열쇠는 젠더에 있다
고 생각합니다. 지금 이 세상은 명백한 부권사회고, 이런
부권사회를 만드는 건 가정입니다. 모든 차별과 혐오는 가
정에서 생겨나지요. 가정이란, 그 히에라르키(성직자의 세속
적인 지배 제도)의 정점에 아버지가 서 있고, 그 아래에 어머
니와 아이가 있는 도식으로 이루어져 있습니다. 그 도식이
곧 사회의 도식이기 때문에 우리가 알고 있는 대단한 놈들
이 하나같이 '아저씨스러운' 거겠죠.

영원히 지속될 것 같던 부권사회가 무너지기 시작한 것
은 자명한 사실이며 그 이유는 전쟁을 하지 않기 때문이
라고 생각합니다. 전쟁이 없다면 그 어떤 세계에서든 부권

사회는 붕괴될 겁니다. 그러니 전쟁만큼은 절대로 해선 안됩니다. 평화가 지속되면 부권사회는 약화되고, 새로운 사회가 대두될 거예요. 바라건대, 그 새로운 사회가 모권사회였으면 하는 것은 비단 제가 마마보이기 때문만은 아닙니다.

부권사회가 모권사회로 변하면 그야말로 '지금과는 다른 세상'이 펼쳐질 겁니다. 왠지 모르게 모권사회가 부권사회보다 가난할 것 같기는 하지만, 그럼에도 분명 '지금과는 다른 세상'이 새롭게 탄생하겠죠. 사실 가장 좋은 건 부권도, 모권도 아닌 사회겠지만, 우선은 모권사회의 실현을 보고 싶습니다. 제가 살아 있는 동안 그런 날이 오기는 할지, 어떤 방식으로 실현될지는 알 수 없지만, 그것이 제가 마음속에 그리는 '지금과 다른 세상'임에는 틀림없습니다.

그나저나 한국의 전세 제도는 재미있는 개념이긴 한데 2년에 100만 엔이나 오르다니 조금 비정상적이네요. 제가 빌렸던 작업실만 해도 임대료가 내려가지는 않았지만, 올해 3월까지 20년을 임대하는 동안 2~3만 엔 오른 것이 다였는데 말이죠.

작업하는 장소를 집으로 옮긴 지 이제 한 달쯤 되었는데, 출퇴근할 필요가 없어서 쾌적합니다. 아무 데도 가질 않으니 돈 쓸 일도 없고, 이제는 연금도 나오기 때문에 어느 정도 생활이 보장되는 셈입니다. 그레이버의 말을 빌리자면, 이제 필요한 건 약간의 카오스뿐일 텐데요. 여기서 말하는 카오스란 뭘까요? 제가 보기엔 '인간에게는 돈 이외의 문제도 필요하다'는 얘기인 것 같습니다.

『부채론』에도 나오는 내용인데, 화폐의 성립에는 종교가 밀접하게 관여되어 있습니다. 사람들이 부채를 갚는 건 서로가 '갚아야 하는 것', '돌려받게 될 것'으로 믿고 있기 때문이죠. 그 기대를 배신하면 사회적 제재를 받고 사람들은 그 제재가 두려워 빚을 갚는 거라 볼 수 있습니다. 하지만 '믿는다'는 감정 역시 종교와 마찬가지로 인간이 만들어낸 거니, 화폐란 결국 이중의 환상으로 쌓아 올려져 있다고 할 수 있습니다.

도대체 '믿는다'는 건 뭘까요? 아마 인간에게만 있는 감정일 거라고 생각합니다. 만약 개가 주인의 귀가를 기다린다고 해도 그 개는 사람을 기다리는 거지, 그 사람이 돌아올 거라 믿는 것은 아닐 거예요. 물론 개에게 직접 물어보지 않는 한 진실을 알기는 어렵겠지만요.

저는 비록 신앙심이 얄팍한 사람이지만 신사를 참배하기도 하고, 묘지나 불단 앞에서 합장을 하기도 합니다. 가정의 안전과 사업의 번성 등을 비는데, 그때는 신과 부처를 '믿는다'기보다 '믿고 있다'는 기분으로 절을 합니다. 미묘한 차이지만 뭔가 다릅니다. 신불 앞에서는 '착실해진다'고 표현하면 이해가 쉬우려나요.

과연 이랑 씨 어머님의 신앙심은 어디에서 비롯됐을까요? 태어날 때부터 신을 믿는 사람은 없잖아요. 이랑 씨도 어머님께 신앙심을 배웠을 테고, 어머님에게도 신앙을 설파한 누군가가 있었겠죠. 설령 그것이 사람이 아닌 성경이나 다른 책이었다고 해도요.

저는 종교의 본바탕이 어머니라고 생각했습니다. 제가 남자라서 그렇게 느꼈는지도 모르지만 어쨌든 나를 낳아준 사람이 어머니인 건 사실이니까요. 그래서 어느 시기까지 제게 어머니는 신과 같은 존재였습니다. 어렸을 때는 어머니가 사라져버리는 꿈도 자주 꿨지요. 어느 날 집에 돌아와보니 어머니가 자취를 감췄다거나, 나만 먼저 버스에 타고 어머니는 차를 놓친다거나, 어머니 혼자 기차를 타고 어디론가 떠나버리는 등의 꿈들이었습니다. 누구나 어릴 때 그런 꿈을 꾸는 줄 알았는데, 언젠가 저 말고 모두가 여성이던 자리에서 그런 꿈을 꾼 적이 있는지 물었더니, 아무도 없다고 해서 조금 충격을 받았습니다. 제가 마마보이 기질이 있는 건 사실이지만, 정말로 종교와 어머니는 관계가 없는 걸까요?

그 돈으로 '집을 살 수 없다,'는 사실

일을 하고 돈을 벌고 모아도

친구들과 미래를 이야기하다 보면 "우리 나중에 박스 할머니 되는 거 아닐까?" 하는 걱정으로 끝나곤 합니다.

제가 사는 서울 마포구에서는 정해진 요일에 쓰레기(일반 쓰레기, 음식물 쓰레기, 분리수거 쓰레기)를 길가에 내놓습니다. 그럼 새벽에 쓰레기차가 와서 가져가지요. 그 쓰레기차가 수거하러 오기 전에 어디선가 할머니가 나타나 고물상에 되팔 수 있는 박스나 재활용품들을 가져갑니다.

한국에서 박스나 고물을 줍는 분들이 대부분 여성 노인인지라 '박스 할머니'라는 말은 고유명사처럼 쓰이고 있어요. 작은 캐리어나 유모차, 전동 휠체어 또는 손수레를 끌고 다니는 박스 할머니들을 저는 서울에 사는 동안 어디서나 만날 수 있었습니다. 지금 제가 쓰는 작업실 앞에도 정기적으로 물건을 주우러 오는 박스 할머니가 있고요. 가끔 작업실 청소를 하면서 할머니에게 드릴 프라이팬이나 고장 난 선풍기 등을 챙겨놓고, 출근길에 할머니를 만나면 가져다 드리는데 할머니는 저를 '지난번에 ○○ 준 아가씨'라고 부릅니다(○○ 안에는 최근 가져다드린 물건 이름이 들어가지요).

한국은 여성 노인 빈곤율이 OECD 국가 중 1위라고 합니다. 이 밖에도 많은 부분에서 OECD 국가 중 1위를 차지하고 있어요. 남녀 임금격차율 1위, 여성자살률 1위, 저출생률 1위. 또한 8~90년대 한국은 여아 낙태율이 무척 높았고요, 지금도 범띠, 말띠, 용띠 해에 여자아이가 태어나면 좋지 않다는 속설을 따라 특정 해의 여아 낙태율이 엄청 높습니다. 이런 흐름을 살펴보면 한국에서 여아로 태어나 여성 노인 빈곤층이 되어가는 어느 한 여성의 이야기가 저절로 그려지네요.

저는 부모님이 '아들'임을 확신했기에(용이 나타난 태몽 때문이라고 들었습니다) 낙태되지 않고 세상에 태어난 여아랍니다. 어릴 때 '네가 아들인 줄 알고 낳았다'는 말을 지겹도록 들으며 자랐어요. 2년 뒤 남동생이 태어나면서 저희 집은 딸 둘에 아들 하나인, 8~90년대 한국의 흔한 가족 구성이 완성됐습니다. 저와 비슷한 또래에는 저희 집처럼 딸 둘, 막내아들 하나인 가족이 많아요.

전 한국 엄마들이 남성 자녀를 '아들~'이라고 부르는 걸 싫어합니다. 얼마 전 TV에 나온 남성 연예인의 어머니도 중년이 넘은 그를 '아들~'이라고 부르기에 진저리를

치며 타케시에게 물어봤습니다. 일본도 아들을 '무스코(息子)~'라고 부르냐고요. 타케시 말로는 아니라고 하던데 정말인지 궁금하네요. 한국에서는 저희 엄마를 포함한 많은 엄마들이 나이와 상관없이 남성 자녀를 이름이 아닌 '아들~'이라는 호칭으로 부릅니다. 반대로 여성 자녀를 '딸~'이라고 부르는 건 많이 들어보지 못했습니다만, 저희 엄마는 가끔 저를 '딸랑이'라고 부릅니다. '딸(娘)+랑(ラン)'을 합친 것이지만, 한국어로 '딸랑이'는 아기가 손에 쥐고 흔들면 '딸랑딸랑(ころころ)' 소리 나는 장난감 이름이기도 해서 말장난으로 그렇게 부르는 거 같아요.

지난 편지에서 말씀하신 영화 「노매드랜드」를 아직 보지 못했지만, 책 『노마드랜드』(엘리, 2021)는 거의 다 읽었어요. 영화 원작이라고 해서 당연히 소설인 줄 알고 읽기 시작했는데 르포르타주 책이라 놀랐습니다. 책을 쓴 제시카 브루더는 3년 동안 노마드 노동자들을 밀착 취재했더군요. 아카데미 작품상과 여우주연상을 받은 영화의 원작이니 기대하는 마음으로 책을 읽다가 너무 힘들어서 도중에 몇 번이나 책을 덮었습니다.

왜 이렇게 마음이 무겁고 책 읽기가 힘든지 생각해봤습니다. 이동이 자유로운 (홈리스가 아닌) 하우스리스 밴 (Van) 생활자들의 생활과 연대에는 감동적이고 멋진 이야기들도 많았습니다. 하지만 그 얘기를 제가 살고 있는 한국 서울에 적용해보니 '박스 할머니' 이야기로 돌아오더군요. 땅이 좁고 큰 차를 주차할 공간이 없는 나라이기 때문에 한국의 빈곤, 취약 계층은 그나마 이동의 자유라도 있는 밴 생활자가 되지 못할 거라고 상상하니 가슴이 답답했습니다. 실제로 대부분 빈곤, 취약 계층은 고시촌이나 쪽방촌이라고 부르는 (개인 공간이라고 부르기 어려운) 아주 작은 크기의 공간에 삽니다. 아무래도 한국에서 밴 생활자로 살기 어려우니 제가 여성 노인이 되기 전에 미국에 가서 밴을 살까 하는 상상도 해봤습니다. 하지만 아시아, 여성 노인으로 과연 괜찮을지 걱정이 생기더군요.

책 후반에도 밴 생활자 중에 유색인종이 거의 없다는(백인이 절대다수라는) 문제를 지적합니다. 미국에서 밴 생활자는 '인종 프로파일링'의 희생자가 될 수 있는 위험이 큰데, 백인에 비해 유색인종은 그 위험도가 월등히 높겠지요? 2008년 금융 위기를 겪고 똑같이 하우스리스가 되었다고 해도 백인과 유색인종의 선택지가 달랐을 거라고 생각하니, 책에 나오는 절대다수의 백인 밴 생활자가 아닌 노인, 빈곤층, 유색인종은 어떤 곳에서 어떻게 살고 있을지 무척 궁금해졌습니다. 영화에서는 어떤 인물들이 등장하는지 무척 궁금합니다. 대부분 백인인가요? 아무래도 빨리 영화를 봐야겠습니다.

책에는 다양한 이유로 밴 생활자가 된 사람들의 사연이 나오는데요, 그중 본인 또는 가족의 건강 문제로 병원비와 치료비에 전 재산을 다 쓰고 하우스리스가 된 사람들 이야기에 너무 공감했습니다. 고양이 준이치가 중대 질병 진단을 받고 치료를 시작하며 2021년 올해 저의 지출이 수입을 훌쩍 뛰어넘는 상황이라 그런 거 같습니다. 지난달엔 처음으로 카드 한도 초과 알림을 받고 제 카드에 한도가 있다는 것도 알게 됐습니다. 아무래도 저는 요즘 가난의 공포에 시달리고 있는 거 같아요. 그래서 편지가 걱정으로 가득 차는 것 같은데요……

제 노래 「가족을 찾아서」에 이런 가사들이 나옵니다.

　　내 안에 있는 그 집을 찾아서

내가 살고 싶은 그 집을 찾아서

내가 사랑할 그 집을 찾아서

내가 되고 싶은 그 가족을 찾아서

하지만 작년부터 코로나로, 올해는 준이치의 중대 질병으로 상황이 확 바뀌면서 몇 년간 돈을 열심히 모으며 염원했던 '집을 사고 싶다'는 꿈을 접었습니다. 그사이 『부채, 첫 5,000년의 역사』를 읽은 영향도 있고요. 이번에 『노마드랜드』를 읽은 영향도 큰 것 같지만요. 사회에서 교육받은 대로 공부하고, 대학에 가고, 일을 하고, 돈을 벌고 모아도 그 돈으로 '집을 살 수 없다'는 사실을, 이제는 저도 알고 세상 모두가 다 알고 있지 않을까요? 앞으로 저희 엄마의 '아마겟돈 대출' 이론을 따라, 빚으로 굴러가는 사회에서 이자만은 꼬박꼬박 낼 수 있다는 걸 꾸준히 증명하며 사는 방법만 남은 걸까요?

『노마드랜드』에서 나온 '아마좀비(Amazombi)'라는 단어가 강렬해 잊히지 않습니다. 아마존 물류 창고에서 3개월씩 저임금 노동을 하는 노마드들을 칭하는 말입니다. 오늘

횡단보도에 서 있는 배달의민족(한국의 우버이츠 같은 회사입니다) '번쩍배달' 오토바이에 붙은 '번쩍병원'이라는 스티커를 보고 또 정신이 번쩍 들었습니다. 배달의민족은 다른 배달 업체보다 더 빠른 배달 서비스를 한답시고 '번쩍배달'이라는 서비스를 만들었습니다.

서비스가 시작된 이후 라이더들의 사고 위험이 높아졌고, 2021년 3월, 배달 노동자들이 정책에 항의해 1시간 동안 배달 어플을 끄는 파업을 하기도 했습니다. '번쩍하고 배달하다 번쩍하고 병원간다'는 현수막을 들고 항의하는 라이더유니온 조합원들 사진을 기사에서 봤는데요, 오늘 제가 본 '번쩍병원' 스티커도 그때 만들어진 것 같습니다. 앞으로 모든 사람들이 프리랜서, 배달원이 된다고 해도 왠지 아마존, 우버, 배달의민족 같은 기업만 잘 먹고 잘살 것 같아 화가 나네요. 가상이지만 그나마 미야기국에는 주식과 회사가 없어 다행입니다.

이가라시 상의 엄마 꿈 이야기에 너무나 공감했습니다. 저는 학교에 등교할 때마다 엄마랑 헤어지기 싫어서 울던 아이였거든요. 그보다 더 어릴 땐 언니랑 헤어지는 게 싫어서 언니가 유치원 차에 탈 때마다 많이 울었고요. 매일 아침 언니의 유치원 차 앞에서 통곡했더니 결국 유치원 선생님들이 저를 차에 태워주셨어요. 유치원 가기에는 어린 나이였지만, 많이 운 덕분에 언니들 따라 유치원에 (공짜로) 다녔습니다. 막상 유치원에 가선 할 수 있는 게 없어서 언니 옆에 앉아 스케치북에 그림을 그리며 놀았지요. 그렇게 유치원은 울어서라도 언니를 따라갔지만, 언니가 다니던 초등학교는 왜 그렇게 가기 싫었던 걸까요. 그때는 언니보다 엄마랑 오랫동안 떨어져 있는 게 너무 무섭고 슬펐던 것 같습니다.

당시 저는 (일본판 『오리 이름 정하기』에 추가 수록된) 소설 「태풍, 경희」에 나온 15층짜리 아파트 15층에 살고 있었습니다. 매일 아침 울면서 엘리베이터를 타면 엄마가 현관문에서 살짝 몸을 내밀고 울지 말고 잘 다녀오라고 손을 흔들어주던 기억이 납니다. 매일매일 울어도 엄마는 저를 학교에 보냈고, 유치원 때처럼 상황은 원하는 대로 변하지 않았어요. 그래도 저는 매일 엘리베이터 문이 닫힐 때까지 열심히 울었고, 울면서 6년을 다닌 초등학교를 졸업한 뒤 중학교도 매일 울면서 갔습니다. 일주일에 5일을 울면서 학교에 가면 주말 하루는 엄마가 가까운 냇가나 공원에 데려가줬어요. 그때 제가 무척 슬픈 얼굴로 물가에 앉아 있던 사진은 저희 집 피아노 위에 오랫동안 전시돼 있었습니다.

일요일 하루 엄마와 실컷 놀고도 다시 월요일이 돌아오면 아침부터 눈물이 쏟아졌어요. 그렇게 총 10년 정도 등교할 때마다 울었더니, 결국 엄마가 고등학교 1학년 때 학교를 그만두도록 허락해주셨습니다. 하하하.

어릴 때 엄마는 우울증이 심해 자주 안방에 누워 있었습니다. 저는 엄마 머리맡에 앉아 잔뜩 구겨진 엄마의 미간을 손가락으로 살살 펴주거나, "엄마, 웃어봐" 하고 조르다 억지 미소라도 받아내면 무척 기뻐했던 기억이 납니다. 가족과 거의 만나지 않고 지내는 지금도 이렇게 엄마를 자주 생각하고 엄마 이야기를 떠올리는 걸 보면, 저도 이가라시 상 못지않은 마마걸이 아닐까 싶습니다.

어쩌면 제 종교는 '엄마'일지도 모르겠네요.

살아갈 수 있을 만큼 돈을 벌면

하고 싶은 일을 하자

확실히 영화「노매드랜드」의 세계는 미국 같은 '자동차 사회'에서만 성립할지도 모르겠네요. 일본도 코로나19 팬데믹의 영향 등으로 아웃도어와 캠핑이 인기를 끌고 있지만, 덥석 캠핑카를 사는 사람은 많지 않습니다. 중고라면 사지 못할 정도의 가격은 아닐 테지만 차를 주거용으로 쓰는 건 꽤나 마니악한 경우니, 아마 대부분 이동 수단으로 쓰는 큼직한 밴을 선택하겠죠. 미국과 달리 일본이나 한국은 그런 큰 차를 세워둘 곳도 마땅치 않고요.

그러고 보니 영화 출연자 중에 백인의 수가 압도적으로 많고, 원주민이나 아프리카계는 적었던 것 같아요. 아마존 물류 창고에서 계절노동자로 일하는 '아마좀비'만큼은 다양한 인종이었죠. 오히려 그 점에서 격차의 낌새를 감지할 수 있었는데, 일본 역시 후계자와 노동자의 부족을 해결하기 위해 다른 아시아 국가에서 연수생들을 불러들여 낮은 임금으로 일을 시키고 있습니다. 코로나로 귀국 제한을 받는 그들은 일자리와 거주지를 잃는 등 가혹한 환경에 놓여 있다는데, 어느 나라든 일의 분량에 따라 한시적으로 일하는 계절노동자가 있는 곳은 이렇듯 새로운 격차가 생겨납니다. 비록 세계 문제로 방치된 상태지만 저는 그런 곳에서 살아가는 이들에게 유독 관심을 갖고 있습니다.

   아마 영화로서 「노매드랜드」가 매력적인 건 주연인 프
랜시스 맥도먼드의 영향이 크지 않을까 싶어요. 영화 「파
고」(조엘 코엔 감독, 1996)나 「쓰리 빌보드」(마틴 맥도나 감독, 2017)
때에도 그랬지만 맥도먼드를 보고 있으면 마치 '나는 나,
타인은 타인'이라고 말하는 듯한 강하고 견고한 자아가 느
껴집니다. 분명 「노매드랜드」 속 그녀는 돈도 없고, 남자에
게 빠지고, 헤어짐에 동요합니다. 그러나 돈과 남자, 헤어
짐마저 뛰어넘는 그녀의 모습은 감동적이지요. 원작과 영
화의 차이는 결국 맥도먼드의 존재 여부에 있으며, 어쩌면
그것은 픽션이냐, 논픽션이냐 하는 문제를 훌쩍 뛰어넘을
만큼 결정적인 차이일지 모릅니다.
   물론 모두가 맥도먼드처럼 살 수는 없지만 영화란 매체
는 가끔씩 이런 인물상을 보여주죠. 우리는 그 캐릭터들을
보면서 무언가를 배우는데, 자신의 실제 인생에서는 그 배
움을 실천하지 못할 수도 있습니다. 하지만 분명히 배웁니
다. 나중에 써먹을 수 있을지는 몰라도 영화를 보면 반드
시 무언가를 배워요. 그것이 영화의 매력이죠. 저 역시 「노

매드랜드」의 맥도먼드에게 배운 것이 있습니다.

살아갈 수 있을 만큼 돈을 벌면, 그 돈이 있는 동안 하고 싶은 일을 하자.

흔히 영화에서 이런 인물을 히어로 또는 히로인이라 부르는데, 맥도먼드는 히어로인지 히로인인지 판단이 잘 서지 않습니다. 저에게는 맥도먼드야말로 젠더 프리 그 자체이기 때문입니다. 영화 속 얼굴을 보면 알 거예요. '아, 이 사람이야말로 진정한 젠더 프리구나'라는 사실을요.

어쨌거나 돈 문제는 평생 우리를 쫓아다닐 텐데, 도대체 얼마가 있으면 될까요? 저는 이제 연금도 받으니 지금 당장 돈 때문에 곤란할 일은 없지만, 혹시 병이라도 걸려 오랫동안 거액의 치료비가 필요하면 눈 깜짝할 사이에 전혀 다른 인생을 살게 되겠죠. 그래서 돈은 많으면 많을수록 좋다고 하는 것일 텐데요, 많으면 많을수록 좋은 수준까지 돈을 벌면 그 삶 역시 지금과 완전히 달라질 겁니다.

어느 네덜란드 축구 대표팀 선수가 자신을 키워준 명문

팀에서 더욱 유명한 팀으로 이적할 때 열렸던 기자회견에서 그의 거액 연봉 이야기가 나왔습니다. 한 기자가 "당신에게는 이미 충분한 재산이 있는데 아직도 돈이 필요한가요?"라고 물었죠. 너무나 노골적인 질문에 대답하기 곤란해하던 선수의 모습이 기억납니다. 그는 이미 은퇴했지만 그 선수가 여전히 행복할지 생각해보면…… 그래도 행복하지 않을까요? 돈만 있으면 겪지 않아도 되는 고생은 얼마든지 있으니까요.

여기서 제 자랑을 하나 하자면, 30년 전쯤 일본 전역이 버블경제로 들떠 있을 무렵, 지인을 통해 작업 의뢰가 들어왔습니다. 가게에서 배부하는 잡지에 매달 풀 컬러로 두 페이지씩 만화를 연재해달라고요. 페이지당 20만 엔, 두 페이지에 40만 엔짜리 일이었습니다. 저는 속된 말로 '쫄고' 말았어요. 한 페이지당 20만 엔의 가치가 있는 만화를 무슨 수로 그리나 싶어, 협의해서 페이지당 10만 엔으로 원고료를 조정했습니다. '10만 엔짜리 만화 정도는 그릴 수 있다'는 뜻은 아니었습니다. 컬러 작업은 30만 엔 이하로는 의뢰받지 않는 만화가도 있다더군요. 물론 앞서 말한 네덜란드 축구 선수와는 스케일이 다르지만요.

이랑 씨도 마마걸인가요? 아마 저의 마마보이 성향과는 꽤 다르겠지만, 이랑 씨의 소설 「태풍, 경희」는 제가 아주 좋아하는 작품입니다. 어린 시절 이랑 씨의 절박함이 느껴져 가슴에 와닿는 무언가가 있어요. 이랑 씨에게 어머니는 어떤 존재였나요? 적어도 저에 비하면 신에 가까운 존재가 아니었을까요?

제게 어머니란 어릴 때는 '신'이었고, 소년기에는 '엄마', 청년기에는 '아줌마' 같은 존재였으며, 결혼 후에는 '은인'이었다가, 함께 나이 먹어갈 즈음에는 다시 '어머니'로 돌아온 듯한 느낌이에요. 뇌경색으로 치매가 진행되어 저를 알아보지도 못하던 말년에는 아무 말도 없이 가만히 앉아만 있는 '신'처럼 보이기도 했지만요.

저희 어머니는 지극히 평범했습니다. 뭐든 평범한 게 제일이라고 여기는 듯했죠. 공부하라는 말 정도는 했지만, 그 외에는 밥벌이하고, 결혼해서 손주만 안겨주면 그걸로 됐다는 식이었어요. 맞아요, 저를 '아들'이라고 부른 적은 없는 것 같네요. 처음 보는 사람 앞에서는 그렇게 부를 때도 있었지만, 대부분 이름으로 부르셨죠.

이랑 씨처럼 저 역시 고등학교 1학년 때 학교를 그만뒀습니다. 우리는 이런 면까지 비슷하군요. 둘 다 가출도 해 봤고요. 부모님이 이랑 씨를 가졌을 때 아들임을 확신했다고 하는데, 저는 반대로 딸일 거라고들 했대요. 사실 제 위로 자식 둘이 남자였으니 세 번째는 여자아이길 바랐을 뿐일 테지만요. 첫째 형 이름이 '켄이치(健一)', 둘째 형 이름이 '코지(康二)'인데, 앞 글자를 이으면 일본어로 '건강'을 뜻하는 켄코(健康)가 됩니다. 뒷 글자에는 순서대로 일(一), 이(二)라는 숫자가 들어가고요. 셋째가 딸이면 숫자를 넣지 않은 다른 이름으로 지으려고 했는데, 남자아이가 태어나는 바람에 미키오(三喜夫)라는 이름을 지은 겁니다. 숫자 삼(三)을 넣고 '건강과 기쁨(健康喜)'이라는 말로 형들 이름과 억지로 연결해서 말이죠.

그나저나 이랑 씨 어머니는 대단한 자력(磁力)을 지닌 분 같아요. 지금은 어머니와 어떤 관계인가요? 아버지가 어떤 분이신지도 궁금하네요.

저희 어머니는 평범했지만, 아버지는 좌우지간 게으른 사람이었습니다. 이발소를 운영하는 집안이었는데, 군에서 돌아온 후에도 가업을 잇기는커녕 악단이나 서커스단을 전전하며 빈둥거렸죠. 아버지는 사실 장남이 아닌 둘째

였고, 위로 우수한 형이 있었는데 교통사고를 당한 후 상태가 이상해져 죽을 때까지 집 뒤편의 헛간 같은 곳에 갇혀 지냈습니다. 그런 영향 때문인지 아버지는 어머니와 결혼하고도 성실히 일하지 않았고, 술도 마시지 못하면서 가게 일은 어머니에게만 떠맡긴 채 밤늦게까지 놀러 다니다 우리가 잠들고서야 귀가하곤 했습니다. 아침에도 11시가 다 되도록 늦잠을 자는 데다, 이발소 주인이라는 사람이 자기 수염조차 깎지 않았고, 빗질 한 번 제대로 안 한 머리는 아무렇게나 자라 있었죠. 저는 아버지가 세수하는 것도, 이를 닦는 모습도 제대로 본 적이 없습니다.

가게 소파에 앉아 뭔가 마음에 들지 않는다는 표정으로 담배를 문 채 신문을 읽는 모습이 아버지의 이미지였죠. 그래서 우리 삼 형제는 아버지와 거리를 두고 지냈습니다. 게다가 세 명 모두 아버지를 닮지 않은 외탁이었어요. 아버지 사진을 보여주면 다들 놀랍니다. 아버지가 삼 형제 중에 가장 예뻐한 사람은 막내인 저였지만, 일어날 생각조차 않는 아버지를 깨우는 것 또한 제 일이었습니다. 억지로 깨우면 아버지 기분이 더 안 좋아져 뭐든 꼬투리를 잡아서 어머니에게 불같이 화를 내고, 들이받고, 걷어차기

일쑤였어요. 아버지가 그나마 제대로 일하기 시작한 건 형이 가업을 잇기 위해 도쿄에서 돌아온 50세 이후쯤이었습니다. 그래도 제가 만화가가 된 걸 가장 기뻐해준 사람은 아버지였지만요.

아버지가 64세의 나이로 세상을 떠나고, 어머니가 치매에 걸리기 전 어느 날 밤. 어머니가 느닷없이 "너희 아빠가 살아 있을 때가 제일 좋았어"라고 말한 일은 몹시 놀라웠습니다. 정말이지 가족이란 알 수가 없어요. 이랑 씨의 노래 「가족을 찾아서」도 좋아합니다.

저희 딸이 6월(2021년)에 결혼해요. 코로나도 있고 해서 식은 올리지 않고 혼인신고만 한다고 합니다. 아 참, 6월에는 저도 백신을 맞습니다. 고령자라서 우선 접종시켜주는 모양이에요. 그러고 보니 어느새 아버지보다 두 살이나 많은 나이가 되었습니다.

저는 제 친구들이 안전한 세상을 바랍니다

이가라시 상에게 보내는 열두 번째 편지 235

마지막이라고 생각하니까 하고 싶은 이야기가 너무 많아서 무엇부터 써야 할지 모르겠네요. 지난 편지 마지막에 이가라시 상 따님이 결혼한다는 얘기가 있었으니 저도 결혼 이야기부터 시작해볼까요.

저는 올(2021년) 4월에 법적 결혼을 했습니다. 작년 3월, 코로나로 한국과 일본 국경이 닫힌 뒤, 90일짜리 관광 비자를 수차례 연장하며 한국에 머무르던 파트너 타케시랑요. 원칙적으로 마땅한 사유가 있는 경우 딱 한 번, 딱 한 달만 연장해주는 관광 비자를 타케시는 지난 1년간 매달 연장해왔습니다.

출입국 사무소도 처음 겪는 국제적인 감염병 긴급사태라 그런지 원칙을 깨고 처음 몇 번은 쉽게 연장해줬습니다만, 그 뒤로 마땅한 사유가 없으면 더 이상 연장되지 않더군요. 한국에 오래 체류 중이던 몇몇 외국 친구들이 비자 연장에 실패한 뒤, 각자 본인의 여권 발행국으로 돌아가기 시작했고 저와 타케시는 최후의 보루로 남겨두었던 '결혼' 카드를 꺼냈습니다.

제 생각에 비자 연장의 가장 타당한 사유는 '우리는 지금 함께 있고 싶다'인데 그 사유로는 출입국 사무소가 인정해주지 않으니 결혼 카드를 꺼낼 수밖에 없었습니다. 타케시는 '한국인 파트너와 결혼할 예정이고 결혼 이후에도 한국에서 살며 취업할 것'이라고 자필로 연장 신청서를 썼습니다. 연장 신청서는 무조건 한국어 자필로 써야 합니다. 한국에 체류 중인 외국인이 모두 한국어 자필 문서를 쓸 수 있는 게 아닐 텐데요. 참 이상하죠. 어쨌건 이 사유로도 거절당할 수 있어 저희는 연장 신청을 할 때마다 긴장하며 잠을 설쳤습니다.

그렇게 매달 구구절절 결혼 사연을 업데이트해가며 체류 연장을 1년째 계속해오던 어느 날, 외국인 출입국 사무소에서 무서운 전화가 걸려왔습니다.

"타케시 선생님, 결혼한다고 해서 계속 기다렸는데, 도대체 언제 결혼하시는 거예요? 이제 더 이상 연장해드릴 수 없어요!"

출입국 사무소 공무원에게 선생님이라고 불린 타케시는 제발 한 달만 더 연장해달라고 빌면서 당장 결혼하겠다고 대답했습니다. 비자 연장 신청이 거절되면 며칠 뒤 바로 한국을 떠나야 했기에, 저희는 곧바로 일본에 사는 타케시 엄마에게 부탁해 필요한 서류 등을 준비하고 구청과 일본 대사관을 급히 오가며 혼인신고를 했습니다.

취업 비자나 학생 비자를 취득하기는 어려운 상황이라 타케시가 배우자 비자를 받는 게 저희 생활을 유지하기 위한 유일한 선택지였습니다. 무엇보다 저와 타케시가 2인 1조로 투병 중인 준이치를 돌보는 게 중요한 시기라서, 지금 떨어져 지내는 건 상상할 수 없었습니다. 만약 코로나 사태로 국경이 닫히지 않았다면 저는 타케시와 법적 결혼을 고려하지 않았을 거예요. 아무튼 결혼하고 싶은 생각도, 주변에 알리고 싶은 마음도 없었습니다만, 그동안 이가라시 상이 몇 번 타케시의 체류 문제를 걱정하며 물어보셨던 기억이 있어, 별일은 아니지만 별일일지도 모르는 저의 결혼 소식을 이 편지로 전합니다.

혼인신고를 하기 전, 타케시는 제 가족들에게 전화로나마 인사하고 싶다고 했습니다. 저는 그럴 필요 없다고 했지만 타케시는 약간 긴장한 상태로 저희 가족 한 명 한 명에게 전화를 걸었습니다. 맨 먼저 언니에게 "결혼하게 됐습니다"라고 말하자, 언니는 "응 그래, 뭐 축하해야 되니?" 하고 대답했습니다. 아빠에게 소식을 전하자 아빠는 "그래, 엄마 바꿔줄게" 하고 바로 엄마를 바꿔주더군요. 전화를 건네받은 엄마는 "그래, 신고할 때 내가 안 가도 되지?" 라며 까르르 웃었고, 가족 중 유일하게 동생만 "와! 매형, 축하해요!" 하고 밝게 대답했습니다.

저희와 비슷한 시기에 외국인 파트너가 있는 몇몇 친구들도 비자 문제를 해결할 방법을 찾지 못해 급히 혼인신고를 했습니다. 그중 국경이 닫힐 때 서로 떨어져 있어 다시 만날 방법을 찾지 못한 친구들이 가장 빨리 법적 결혼이라는 선택지를 골랐고, 둘 중 한 사람이 상대방의 나라로 이주했습니다. 이렇게 국제적 재난 사태에 외국인 파트너와 헤어지지 않기 위해, 혹은 다시 만나기 위해 법적 결혼을 선택한 사람들이 있는 반면, 외국인 파트너가 있는 성소수자 커플들은 여전히 괴로운 상황입니다. 법적 결혼 선택지가 없는 친구들의 어려움을 당장 도울 수 있는 방법이 없어 무력감과 죄책감이 들었습니다. 그렇기 때문에 더더욱 제 결혼 소식을 주변에 알리고 싶지 않았던 것 같습니다.

아, 무당 이야기도 해야겠네요. 전에 말했던 무당과 함께 노래를 만드는 행사는 무사히 그리고 즐겁게 끝났습니다. 그날 만난 무당 홍칼리와는 서로 좋은 감정을 갖고 친구가 되었습니다. 당일 행사 중 '신을 어떻게 만날 수 있냐'고 질문했는데, 칼리에게 무척 재미있는 대답을 들었습니다. 동양에서는 '신의 이름을 부르는 행위'가 신과 연결되는 첫 번째 방법이라고 합니다. 그래서 함부로 신의 이름을 부르면 안 된다고요. 반대로 서양에서는 악마가 스스로 이름을 외치며 인간의 몸에서 도망친대요. 엑소시즘을 다루는 영화에서 퇴마사가 여러 번 이름을 물어도 악마가 자기 이름을 애써 숨기던 장면이 기억납니다.

이름을 부르면 다가오는 신과, 자기 이름을 외치며 도망치는 신이 있다는 그 차이가 신기했습니다. 그날 저는 신을 불러 같이 노래를 만들자는 이야기는 차마 하지 못했습니다. 그럴 용기가 없었어요. 신이 어떤 존재인지도 모르는 상황에서 장난처럼 이름을 불렀다가 진짜 신이 나타나면 노래는커녕 아무 대접도 못할 것 같았거든요.

이름을 묻는 행위와 이름을 대답하는 행위, 그리고 이름을 짓는 행위는 성경에서도 무척 중요하게 다뤄집니다. 성경 창세기에는 하나님이 첫 번째 인간 아담에게 만물에 이름을 지을 수 있는 권한을 주는 이야기가 나옵니다. 어릴 때 그 얘기를 듣고, 제가 아는 사물과 동물의 이름들을 떠

올리며 '아담은 왜 고양이에게 고양이라는 이름을 붙였을
까' 궁금해하던 기억이 납니다.

무당과 함께 노래 만들기 행사를 마치고 몇 주 뒤, 칼리
가 사는 집에 초대받아 놀러갔습니다. 거기서 칼리와 함께
살고 있는 다른 가족들도 만났습니다. 그 집에는 칼리와
칼리의 언니, 언니의 파트너 두 명이 함께 살고 있었습니
다. 언니와 파트너 두 명은 폴리아모리(비독점적 다자 연애) 관
계를 맺고 있는 사람들입니다. 칼리의 언니는 책『두 명의
애인과 삽니다』(홍승은, 낮은산, 2020)를 쓴 에세이스트랍니다.
그동안 폴리아모리 관계를 맺고 있는 몇몇 사람들을 만나
봤지만 한집에서 함께 살고 있는 분들은 처음 만났습니다.

먼저 다 같이 식사하고 집 투어와 자기소개 시간 등을
가졌습니다. 칼리의 신당 겸 방, 언니와 파트너 두 명의 공
간을 각각 구경하는 재미가 있었습니다. 화장실 세 개, 방
세 개, 거실이 두 개인 2층짜리 집이었습니다. 언니의 파트
너 중 한 명은 컴퓨터와 모니터가 많은 방을 사용하고, 다
른 한 명은 책이 많은 공간을 쓰더군요(책이 많은 공간을 쓰
는 분은 이가라시 상의 팬이었습니다).

이렇게 네 사람이 함께 살기 적합한 집을 무척 오랫동안

찾았다고 합니다. 언니의 파트너 중 한 명은 기독교 대학에 다니던 중 폴리아모리 연애를 한다는 이유로 부당한 무기정학 처분을 받고 오랫동안 법정 싸움을 했다고 합니다. 식탁에 둘러앉아 그분의 재판 이야기를 듣는데 눈물이 찔끔찔끔 나왔습니다. 대형 버스 여러 대를 타고 재판을 보러 온 수많은 교인들에게 악마, 사탄, 더러운 XX 등 기억하고 싶지 않은 욕을 들으며 재판장에 혼자 있었다고 하더군요. 칼리나 칼리의 언니, 다른 파트너까지 공격을 당할까봐 다른 가족에게는 재판을 보러 오지 말라고 신신당부하고 혼자 그 시간을 견뎠다고 합니다. 너무 가슴 아픈 이야기였지만 가장 괴로웠던 당사자와 그의 가족 앞에서 크게 울면 실례가 될까 봐 저는 꾸역꾸역 올라오는 눈물을 참았습니다.

그날 칼리의 집에는 앞서 편지에 썼던 암으로 사망한 친구의 (무당에게 관심이 많은) 파트너와 함께 갔습니다. 우리는 친구의 1주기를 어떻게 보내야 할지 무척 고민하던 중이었고, 칼리에게 이 고민을 털어놓고 싶었어요. 곧 있을 1주기에 뭘 해야 죽은 친구가 가장 기뻐할지를요. 칼리는 죽은 친구의 생년월일을 듣고 사주팔자를 보더니 '물'이 떠오른다고 했습니다. 암 투병 중이던 친구는 사망하기 몇 개월 전, 서울을 떠나 강원도 양양에 요양차 이사했는데요, 집 거실에서도 바다가 보이고 걸어서 10분이면 예쁜 해변에 다다르는 그런 곳이었습니다. 양양이 그의 고향은 아니었지만 삶의 마지막 순간까지 지내던 곳이라서 그를 떠올리면 양양 바다의 추억이 함께 떠오릅니다. 2020년 7월 11일, 오후에 갑자기 쓰러져 12일 새벽에 세상을 떠난 친구는 유언장도 남기지 않았어요. 그날 아침까지 그가 컴퓨터로 쓰고 있던 글이 바다에 관한 글이기도 했고, 칼리도 '물' 얘기를 했으니 아무래도 1주기에는 양양 바다에 가면 좋겠다는 생각이 듭니다.

아, 그리고 칼리에게 빌려와 몇 시간 만에 다 읽은 책 『하비비』(미메시스, 2013)를 이가라시 상에게도 추천하고 싶어요. 크레이그 톰슨이라는 작가의 만화책입니다. (어디라고 특정되지는 않는) 이슬람의 상징을 가진 아랍 국가를 배경으로 중세와 현대가 뒤섞이고 성경과 코란과 예언자의 이야기가 복잡하게 섞인 신기하고 혼란스러운 이야기입니다. 이 만화의 주인공은 한 여자아이와 흑인 남자아이인데요, 이 둘은 여성과 흑인을 사고파는, 계급과 차별이 심각한 사회에서 서로가 서로를 보살피고 의지하며 살아나갑니다. 이들이 살아나가는 데는 글자(글을 읽고 쓰는 것)와 이야기가 무척 중요한 역할을 합니다. 그들의 사회에서 여성과 흑인은 읽고 쓰는 것을 배우지 못하지만, 이 두 사람은 읽고 쓰는 것과 이야기의 힘을 무척 중요하게 생각했고, 결국 글과 이야기의 힘으로 자신들의 목숨을 몇 번이나 구한답니다.

　이름과 글을 쓰는 것과 이야기의 힘에 대한 생각을 멈출 수가 없네요. 아, 그리고 우리가 살고 싶은 세상도요. 칼리의 집에서 새로 사귄 친구들과 얘기를 나누는 동안 이가라시 상과 함께 고민했던 '지금과 다른 세상'에 대해서 생각했습니다. 이 집에 살고 있는 사람들과 이들과 나누는 이야기들은 지금 세상에서는 쉽게 용납되지 않고, 손가락질을 받고, 학교에서 강제로 쫓겨나는 얘기일지도 모르지만, 저는 그 집에서 무척 안전하고 평화로웠습니다. 그들은 서로의 다름을 존중하고 평등하게 사랑하고 무엇보다 신과 소통하는 사람들이잖아요. 어쩌면 칼리의 집이 '지금과 다른 세상'을 축약한 공간이 아닐까요.

저와 제가 사랑하는 친구들에게 가장 중요한 건 '안전'입니다. 폭력의 피해 경험이 있는 저에게는 특히 중요한 이슈죠. 어떤 사람이든 밖에 나가는 게 무섭지 않은 세상이 제가 바라는 세상입니다. 하지만 제가 불시에 폭력 가해자와 마주칠까 봐 대중교통 이용을 꺼리는 것처럼, 누군가는 자신의 성별, 장애, 나이, 언어, 출신 국가, 출신 민족, 인종, 국적, 피부색, 출신 지역, 외모, 혼인 여부, 임신 또는 출산, 가족 형태, 종교, 사상 또는 정치적 의견, 전과, 성적 지향, 성별 정체성, 학력, 고용 형태, 병력 또는 건강 상태, 사회적 신분 때문에 타인의 시선이 무섭고 밖에 나가는 게 쉽지 않겠지요. 아직까지 차별을 겪고 있는 사람이 이렇게 많은데 이상하게도 날짜는 2021년이네요. 제게 2021년이라는 숫자는 어린 시절 '과학 상상 그리기 대회'에서 그린 그림 속에나 적어냈던 미래의 숫자인데 말이지요.

　지금과 다른 세상이 언젠가 올까요? 조금 더 가난하고, 조금 더 불편하고, 많이 혼란스럽더라도 저는 무조건 제 친구들이 안전한 세상을 바랍니다. 사는 게 지옥 같으니 돈이라도 많이 벌어서, 돈으로 다 이겨내겠다는 마음으로 살고 싶지는 않아요. 그렇지만 당장 많은 돈이 있고 그걸로 할 수 있는 게 있다면 법적 결혼을 할 수 없는 제 친구의 외국인 파트너 비자 문제를 해결하는 데 쓰고 싶습니다. 기독교 대학에서 무기정학을 당한 폴리아모리 연애 당사자 친구도 돕고 싶고요.

　편지가 길어서 며칠 동안 나눠 쓰고 있는데요, 오늘은 한국퀴어영화제 20주년 기념식에서 공연을 마치고 돌아왔습니다. 그러고 보니 이분들도 항상 돈이 없는데요…… 돈이 없으니까 홍보가 어렵고, 홍보가 어려우니까 행사를 꾸리기가 어렵고요. 하지만 그 어려운 가운데서도 벌써 20년이나 이 행사를 꾸려왔다는 게 대단합니다. 오늘 저는 축하 공연으로 노래 세 곡을 불렀습니다. 퀴어 친구들이 가장 좋아하는 노래 중 하나인「가족을 찾아서」도 당연히 불렀지요. 현장에 있던 스태프분들이 오며 가며 저를 마주칠 때마다 반가워하며 인사를 건네고, '와줘서 고맙다, 팬이다, 사랑한다'는 말을 해주셔서 기뻤습니다. 제가 누군가에게 도움이 된다는 것만큼 기쁜 일이 없어요. 마치 이름을 부르면 나타나는 신처럼 어딘가에서 제 이름을 부르는 사람이 있다면 뿅! 나타나 노래 부르고 이야기를 들려 주는 삶을 살고 싶습니다.

　1년 넘는 시간 동안 이가라시 상에게 편지를 쓸 수 있어 정말 행복했습니다. 이가라시 상에게 편지를 쓰면서 이 일을 영원히 하고 싶다고 몇 번이나 생각했어요. 무당 친구 칼리 말로는 삶과 죽음은 나누어져 있지 않고 이승과 저 승이 지금 여기에 함께 존재한다고 합니다. 신과 소통하는 칼리에게는 그런 세상이 보인다고요. 지금 당장 저에게는 보이지 않지만 그의 말대로 이승과 저승이 이곳에 다 함께 있는 거라면, 많은 것들을 아쉬워하지 않으면서 살 수 있 을 것 같습니다.

　이가라시 상과 저, 둘 중 한 명이 먼저 저승으로 간다고 해도 우리는 계속 연결될 수 있겠네요. 혹시 제가 저승에 서 편지를 보내더라도 너무 놀라지 마세요. 어디서라도 즐 거운 편지 주고받기를 이어나갑시다.

고난 속에서 살아가는 이들이야말로

귀한 사람들이라고 생각합니다

코로나 이후 타케시 씨의 출입국에 문제가 생겼다는 이야기를 듣고 무심코 "두 분, 결혼은 안 하세요?"라고 물었었는데, 이랑 씨에게 그런 사정이 있는 줄은 미처 몰랐어요. 머릿속 생각을 곧바로 입 밖으로 내뱉어버리는 인간이라 후회가 많은 인생입니다.

데이비드 그레이버의 테제 중에는 '국경을 해방시켜 왕래를 자유롭게 한다'는 내용도 있었지요. 코로나 전에는 이렇게까지 심각한 줄 몰랐던 일들이 이젠 우리의 인권과 직결될 정도로 중대한 문제가 되어버렸습니다. 여전히 확진자가 늘고 있는 도쿄에서는 올림픽을 어떻게 할 것인지 말들이 많은데요, 최근 1년 반 동안 일본 내의 축제들이 대부분 취소되었으니, 올림픽도 중지 혹은 연기하는 게 당연해 보이는데 도대체 무슨 연유인지 개최를 강행할 모양입니다.

조금 다른 이야기입니다만, 저도 난청이 있는 장애인의 한 명으로서 패럴림픽을 올림픽의 세트로 묶어 개최하는 것은 그만했으면 좋겠어요. 올림픽과 별개인 독립 행사로 진행하는 게 맞다고 생각합니다. 제가 지금 쓰는 이 편지를 마지막으로 책이 출간될 즈음에는 올림픽 개최가 어떤 결과를 초래했는지 이미 다 알려져 있겠죠. 과연, 어떻게 되었으려나.

일본에서도 출입국 관리 시설에 억류된 스리랑카 여성이 병으로 목숨을 잃은 사건이 보도된 일이 있었는데, 매달 관공서에 가서 공무원들에게 상황을 설명하고 협의를 봐야 하다니 인내와 낙담의 연속이었겠네요. 아무쪼록 혼인을 계기로 이랑 씨와 타케시 씨가 고양이 준이치와 함께 무탈하게 생활할 수 있기를 기도하겠습니다.

혼인신고에 앞서 이랑 씨의 가족들에게 먼저 연락을 한 타케시 씨의 모습에서 성의와 진심이 느껴지네요. 이랑 씨와 함께 제 일터에 놀러왔을 때 타케시 씨에게 한국산 '사혈침'을 선물받은 일도 좋은 추억입니다. 아직 한 번도 써보진 않았지만요.

제 딸도 6월에 혼인신고를 했다고 말씀드렸는데요, 일본의 결혼도 더 이상 집안과 집안 사이의 인륜지대사 느낌은 아닌 것 같아요. 혼인신고 전에 가족들끼리 상견례를 하긴 했지만 양가의 외동아들, 외동딸을 결혼시키는 것치고는 상당히 간소했습니다. 호텔에서 점심 식사를 같이한 것이 다였죠. 제 젊은 시절의 결혼식과는 천지 차이더군요. 물론 개인적으로는 요즘 방식이 더 마음에 들고, 결혼 제도 자체도 점점 힘을 잃어갈지 모른다고 생각하지만요. 일본과 마찬가지로 한국에서도 결혼하지 않는 사람, 출산하지 않는 여성이 늘고 있는 모양입니다. 중국도 크게 다르지 않을 테니 결국 세계 인구가 감소세로 돌아서는 날이 오겠죠. 저는 인구가 줄어드는 일이 그렇게 나쁜 것 같지는 않은데요, 그것이 바로 과도한 자본주의 사회와 끝없는 환경 파괴를 향한 우리의 대답이라고 보면 어떨까요?

저는 성소수자를 당사자들의 문제라기보다 오히려 당사자가 아닌 사람들의 문제라고 생각해왔습니다. 받아들이고 인정하면 끝날 문제가 정치적, 법적 이슈가 되는 건 무척 불행한 일이죠.

폴리아모리라는 라이프 스타일은 이번에 처음 알게 되었는데요, 어디까지나 본인 문제이고 타인이 왈가왈부할 일은 아니라고 생각합니다. 다만, 국가나 종교가 새로운 가치관과 라이프 스타일을 용인하지 않는 경우가 많은 건 '인정할지 말지는 우리가 정한다'라는 생각을 가지고 있기 때문이 아닐까요? 딱히 인정해주지 않아도 상관없다는 태도로 살 수 있다면 제일 좋겠지만, 말처럼 간단하지는 않겠죠.

하지만 저는 그런 고난 속에서 살아가는 이들이야말로 귀한 사람들이라고 생각합니다. 누구에게 귀한가 하면, 저에게 귀하고, 다른 누군가에게 귀하며, 고난을 겪고 있는 온 세상 사람들에게 귀합니다. 고난을 겪을 때일수록 자신이 누군가에게 귀한 존재임을 잊지 않기를. 무엇보다, 고난 속에서 살아가는 사람으로서 프라이드를 잃지 않기를 바랍니다.

얼마 전 「노매드랜드」 얘기를 했는데요, 그 영화에서 프랜시스 맥도먼드가 연기한 주인공 펀은 확실히 맞서 싸웠다고 생각해요. 국가나 기업을 상대로 싸운 것이 아니라, 자신의 눈앞에 닥쳐오는 고난들과 맞서 싸웠고 그 싸움의 틈바구니에서 삶을 즐기기까지 했습니다. 대부분 고난을 돈으로 해결할 수 있다는 게 맞는 말일지도 모릅니다. 하지만 그 또한 일시적 방편일 뿐, 고난 없는 인생은 있을 수 없죠. 본래 음악도, 문학도, 영화도, 예술도 모두 고난 속의 사람들을 위한 겁니다. 고난을 모르는 이가 이해할 수도,

고난을 모르는 이가 창조해낼 수도 없지요. 그저 예순여섯 먹은 만화가의 낡은 생각일지 모르지만, 만화를 계속 그려나가는 길의 가장 심플한 룰이었다고 생각합니다.

물론, 저는 다른 사람만을 위해 만화를 그리지는 않았습니다. 사실 대부분 저를 위해 그렸겠지요. 어떻게 보면 만화를 그리는 것 자체가 오직 고난뿐인 작업이라고도 할 수 있는데, 결국 완성해내면 그 순간만큼은 그 고난에서 구원받은 듯한 기분이 듭니다. 고난에서 구원받는 건 인생에서 쉽게 겪을 수 없는 경험이니 개인적인 기쁨을 느낄 수밖에 없죠. 창작을 하고, 만화를 그리는 일의 본질적인 모순이 바로 여기에 있다고 생각합니다. 고난을 겪기 위해, 그리고 그것에서 구원받기 위해 멈추지 못하고 달려왔다고도 할 수 있지요.

무당과의 콜라보를 직접 체험하지 못해 아쉽습니다. 어떤 분위기인지 궁금한데 말이죠. 신과 악마, 이름의 관계도 재미있네요. 그러고 보니 영화 「엑소시스트」(윌리엄 프리드킨 감독, 1973)의 악마 역시 자신의 이름이 불리는 것을 싫어했죠. 자기의 이름이 불린다는 자체가 신보다 나중에 태어났거나 신에게 만들어졌음을 의미하는 것일까요?

　이랑 씨는 고양이 준이치를 뭐라고 부르나요? 저는 우리 집 고양이에게 '가루'라는 이름을 지어줬는데, 핸드폰으로 사진을 찍으면 실제보다 조그맣게 찍히는 게 재미있어 점점 더 작게 찍다 보니 언제부터인가 '조그만 아이(小さい者, 치이사이 모노)'라는 의미로 "치이사키"라고 부르기 시작했습니다. (이 부분이 어떻게 번역될지 염려스럽지만) 발음이 마치 사투리처럼 바뀌어 '츠부사키'가 되는 바람에 지금은 일본 사람들도 알아듣지 못하는 의미 불명의 이름이 되었어요. 그런 저를 보고 아내는 "당신, 처음 가루를 만났을 때는 그렇게까지 예뻐하지 않더니 이름을 마음대로 부르면서부터 푹 빠지기 시작했어"라는 말을 하더군요. 이름을 짓는다는 건 참으로 무시무시한 행위가 아닐 수 없습니다.

　크레이그 톰슨의 만화 『하비비』는 따로 알아본 적이 없어서 잘 모르고 있었는데요, 검색해보니 아쉽게도 일본에는 아직 출간되지 않은 것 같아요. 글과 이야기의 힘이라, 재미있겠네요. 역시나 이 세상은 언어로 이루어져 있는 걸까요.

참, 지난번 제가 그림을 그렸다고 말씀드렸던 동화 『황금나무숲』(이은 글, 한솔수북, 2021)이 지난 6월, 한국에서 출간되었어요. 혹시 서점에서 발견하면 한번 살펴봐주세요. 이은 씨의 글에는 한국어의 언어유희와 식물에 대한 지식이 잔뜩 담겨 있어서 일본인인 제가 그림으로 잘 표현할 수 있을지 불안했는데, 구상을 시작한 지 7년, 제작에 들어간 지 3년 만에 드디어 완성되었습니다. 어떤 작품이든 한 권의 책으로 탄생하기까지는 시간이 걸리기 마련이니 3년이 특별히 긴 것도 아니지만, 한국에서 오리지널로 소개되는 첫 책이 무사히 출간되었다는 사실이 무척 기쁩니다. 이랑 씨와 쓴 이 편지들이 한데 모이면 저의 두 번째 한국 책이 되겠지요.

그러고 보면, 저와 한국의 관계가 시작된 건 『보노보노』 때부터였어요. 제 만화를 해외 독자들이 볼 거라고 생각조차 못했는데, 고향 센다이의 영화관에서 제가 정말 좋아하는 박찬욱 감독의 영화 「복수는 나의 것」(2002)을 보다가 스크린 속에 느닷없이 『보노보노』의 TV 만화가 등장해 영문도 모른 채 경악했던 기억이 납니다. 이후 박찬욱 감독과 만나는 자리가 생기거나 한국에서 만드는 게임 일로 초대받아 몇 차례 한국을 방문했는데요, 같은 동아시아 국가라 그런지 갈 때마다 '또 하나의 일본'이랄까요, '존재했을 법한 일본' 같다는 인상을 받았습니다.

한국의 길거리를 걷다 보면 마치 그곳 어딘가에 내가 보지 못한 또 다른 일본이 있을 듯한 생각이 들어, 골목의 깊은 곳까지 비틀비틀 빨려들어갈 뻔한 적도 많았어요. 어쩌면 한국 사람들도 일본에 와서 '또 하나의 한국' 또는 '존재했을 법한 한국'을 느끼지 않을까요? 한국과 일본 사이에 불행한 역사가 존재하는 건 사실이지만 우리는 역사의 노예가 아닌, 현재를 살아가는 사람들입니다. 더욱이 양국의 정치가들에게 이용만 당하다가는 영원히 이 불행한 역사를 끊어낼 수 없겠죠. 코로나가 종식되면 부디 한국과 일본 사이에 정상 교류가 다시 시작되기를 바랍니다.

이랑 씨와 편지를 주고받은 지도 어느덧 1년이 지났군요. 코로나로 어디도 가지 못한 채 일만 하는 와중에도, 공적으로나 사적으로나 정말 많은 일이 일어난 한 해였습니다. 저는 머릿속에서 일어난 일도 하나의 현실이라고 생각하는데, 저와 이랑 씨 사이를 오간 이야기들과 거기서 탄생한 말들도 편지를 읽은 누군가에게 또 하나의 현실을 만들어냈으리라 믿어요.

정말이지 언어는 어디서나 싹을 틔우는 식물 같습니다. 설령, 시들어버리더라도 거기에 자리 잡은 뿌리와 씨앗에서 또 다른 싹이 돋아나지요. 어쩌면 오직 이런 방식만이 '지금과 다른 세상'을 만드는 유일한 길인지도 모르겠습니다.

그럼, 이랑 씨. 조만간 또 편지 보내주세요.

ミック
ランさん、ジュンイチはどうしてます？

LINE일본어통역
랑 씨, 준이치는 왜요?

오후 01:03

langlee
준이치는 조금 좋아졌다 조금 나빠졌다 반복하고
있습니다. 병원은 일주일에 한 번씩 가서 상태를
체크합니다. (준이치 사진 전송)

LINE일본어통역
淳一は、少しよくなったやや悪化した繰り返してい
ます。病院は一週間に一度ずつ行って状態をチェッ
クします。

오후 02:32

ミック
ジュンイチをアップで見るのははじめてかな。
歳をとった動物はかわいいですね。
20年ぐらい毎朝散歩してると散歩ですれ違う犬たち
がどんどん年寄りになって行きます。

LINE일본어통역
준이치를 클로즈업으로 보는 것은 처음인가.
나이를 먹은 동물은 귀엽네요.
20년 정도 아침마다 산책하고 있는데 산책에서
지나가는 개들이 점점 노인이 되어갑니다.

오후 04:00

langlee
나이가 많은 동물은 정말 귀여워요.
왠지 느릿느릿하고요.

LINE일본어통역
年が多くの動物は本当に可愛いです。
なんか、のそのそとしてです。

오후 06:12

ミック
散歩したくなくて立ち止まって動かなくなるし。

LINE일본어통역

산책하고 싶지 않아서 멈춰 서서 못 움직이고.

오후 06:35

langlee

요즘 준이치는 옥상을 산책합니다! 혼자서

LINE일본어통역

最近淳一は、屋上を散歩します！一人で

오후 06:36

langlee

멋있는 모습!(준이치 사진 전송)

LINE일본어통역

いる姿！

오후 06:36

ミック

まだ屋上に行ったりしてるんだね。
元気ですね。

LINE일본어통역

아직 옥상에 가곤 하는구나. 건강하시군요.

오후 06:39

langlee

23.5시간은 누워 있습니다.

LINE일본어통역

23.5時間は横になっています

오후 06:39

마음 한구석에 아직 희망을 품고 있습니다

이랑 씨를 알게 된 건 2년 전쯤이었습니다. 공통의 지인이 "이랑이라는 한국 아티스트가 일본에서 출판하는 자신의 만화책에 코멘트를 써줬으면 한대요"라는 이야기를 전해줬고, 그 후 미야기현에서 열린 콘서트에 초대를 받았어요. 택시를 타고 시작 직전에 아슬아슬하게 도착한 공연장에서 이랑 씨가 라이브로 노래하는 모습을 처음 보고 감동받았던 게 이 인연의 시작이었습니다. 투어가 끝난 뒤 센다이에 들러, 제 작업실까지 놀러와주었죠. 그때였습니다. 이 책에도 썼듯, 이랑 씨가 방긋방긋 웃으며 깡충깡충 뛰어 작업실로 들어왔던 것이. 저는 난청자지만 신기하게도 이랑 씨의 일본어만큼은 잘 알아들을 수 있었습니다. 아마 이랑 씨가 제 일본어를 알아듣는 게 더 힘들었겠죠.

그 후 CD와 DVD, 책 등을 통해 이랑이라는 아티스트의 전체적인 이미지를 알게 되자 저와 어딘가 맞닿아 있다는 생각이 들었습니다. 이랑 씨도 제 책을 읽고 본인과 닮았다는 느낌을 받았다는데, 저는 그 이상으로 이랑 씨의 재능에 놀랐고, 또 질투했습니다. 「세상 모든 사람들이 나를 미워하기 시작했다」라는 그의 뮤직비디오 제목을 봤을 때는 한 방 먹은 듯한 기분마저 들었지요. '이런 제목을 지

을 수 있는 사람이라면 어떤 만화든 다 그릴 수 있을 텐데'
라는 생각을 했습니다.

가끔 '왜 나는 이런 걸 만들지 못했을까?' 한탄하게 만드
는 작품을 만날 때가 있는데, 같은 시기에 개봉한 「토이 스
토리 4」(조시 쿨리 감독, 2019)가 그랬습니다. 「토이 스토리 4」
를 직접 만들고 싶은 마음은 없지만, 아마 스스로 절대 만
들 수 없는 작품으로서 질투한 것이겠죠. 그러니 제게 있어
서 2019년은 '이랑과 「토이 스토리 4」의 해'였다고 할 수
있습니다. '토이 스토리' 시리즈 중 최고는 3편이지만요.

1년 동안 이랑 씨와 편지를 주고받으며 내 안에 어떤 변
화가 생겼을까요. 사실 제 내면보다는 바깥세상이 많이 변
했지요. 그중 제일 큰일은 역시 코로나19였는데, 아무리
그래도 전 세계 사람들이 마스크를 쓰게 될 줄은 몰랐습니
다. SF 세계 또는 영화에서나 가능할 법했던 세상이 지금
은 지하철만 타도 볼 수 있는 당연한 현실이 되어버렸죠.
우리의 가치관은 흔들렸고, 모두 망연자실한 상태입니다.
그렇다고 정말 망연자실한 채로 있는가 하면, 다들 마음
한구석에 아직 희망을 품고 있습니다. 머지않아 예전 생활
로 돌아갈 수 있을 거라는 희망을요. 하지만 그 역시 원자

폭탄이 떨어진 이후의 세계와 마찬가지일 겁니다. 설령 원래의 생활로 되돌아간다 해도 원자폭탄 투하의 기억이 세상에서 지워지지 않듯, 코로나 바이러스의 기억 또한 지워지지 않겠죠.

그 외에도 30년 동안 일해온 작업실의 문을 닫았고, 딸아이는 결혼했고, 가장 오래된 스태프가 병상에 눕게 된 일도 있었습니다. 여기에 쓴 내용이든, 쓰지 못한 것이든 여러 사람에게 대체적으로 안 좋은 일들이 많았습니다. 그런 1년 동안 했던 작업 중, 이랑 씨와 편지를 주고받는 것이 가장 기대되는 일이었습니다. 아니, 과연 이것을 일이라고 부르는 게 맞을지 모르겠어요. 이랑 씨도 했던 말이지만, 내 이야기를 쓰는 건 왜 이렇게 즐거울까요? 어쩌면 노래를 부르는 것과 비슷한 느낌 같아요. 노래방에서 노래 부르는 모습을 떠올려보세요. 심지어 그 노래가 내가 직접 만든 곡이라면 어떨지요.

이런 기회를 만들어주신 이랑 씨와 미디어창비의 이지은 씨에게 진심을 담아 감사 인사를 전합니다. 고맙습니다.

이가라시 미키오

모쪼록 잘 부탁드립니다

초판 1쇄 발행   2021년 12월 7일

지은이   이랑 이가라시 미키오
펴낸이   강일우
본부장   윤동희
책임편집   이지은
디자인   송윤형

펴낸곳   (주)미디어창비
등록   2009년 5월 14일
주소   04004 서울 마포구 월드컵로12길 7 창비서교빌딩
전화   02) 6949-0966
팩시밀리   0505-995-4000
홈페이지   books.mediachangbi.com
전자우편   mcb@changbi.com

© 이랑 이가라시 미키오 2021
ISBN   979-11-91248-46-3 03810